UNE BELLE M

Douces Colères, essais, VLB, 1989.

Trente Artistes dans un train, essai, Art global, 1989.

Chroniques internationales, essais, Boréal, 1991.

Québec, essai, Hermé, 1998 ; Hurtubise HMH, 2000.

Nouvelles Douces Colères, essais, Boréal, 1999.

Un dimanche à la piscine à Kigali, roman, Boréal, 2000 ; coll. « Boréal compact », 2002.

La Seconde Révolution tranquille. Démocratiser la démocratie, essai, Boréal, 2003.

Une belle mort, roman, Boréal, 2005.

Le Monde, le lézard et moi, roman, Boréal, 2009.

Gil Courtemanche

UNE BELLE MORT

roman

Boréal

Les Éditions du Boréal reconnaissent l'aide financière du gouvernement du Canada par l'entremise du Programme d'aide au développement de l'industrie de l'édition (PADIÉ) pour ses activités d'édition et remercient le Conseil des Arts du Canada pour son soutien financier.

Les Éditions du Boréal sont inscrites au Programme d'aide aux entreprises du livre et de l'édition spécialisée de la SODEC et bénéficient du Programme de crédit d'impôt pour l'édition de livres du gouvernement du Québec.

Photos de la couverture : Véronique Boncompagni, Patrick Müller.

Diffusion au Canada : Dimedia

Données de catalogage avant publication (Canada)
Courtemanche, Gil

    Une belle mort

    (Boréal compact ; 208)

    ISBN 978-2-7646-2004-5

    I. Titre.

PS8555.O826B44   2010   C843'.6   C2010-942697-8

PS9555.O826B44   2010

À France-Isabelle

Écrire un roman est un acte fondamentalement impudique. Se peigner aussi est un acte impudique, surtout lorsqu'on le fait pour essayer de dissimuler la cicatrice qui court au sommet du front. Mais se peigner est un acte impudique mineur, alors qu'écrire est grave. On masque la réalité, on occulte les peurs, on réinvente les choses qui ont été dites, et surtout les personnes qui les ont dites. Écrire un roman suppose une certaine perversité. C'est quelque chose qu'on ne peut pas faire avec un peigne en écaille. C'est peut-être pour cela que la nuit on me retire mon stylographe, non pour empêcher comme ils le disent que je me le plante accidentellement dans la gorge… mais pour éviter que je tue quelqu'un.

PACO IGNATIO TAIBO II, *Nous revenons comme des ombres*

marcher, comment parler, il est conscient, il comprend tout. Mais il tombe, il balbutie et vous avez l'impression qu'il est absent et ne vous entend pas. Voilà, ce n'est pas compliqué… J'oubliais, c'est une maladie dégénérative. Vous me comprenez? »

Oui. Merci docteur. Et ça peut durer longtemps? Des années. Et on peut faire quelque chose, je veux dire la médecine? Non. On tente de contrôler. Merci, docteur.

Papa, donc, conçoit parfaitement le mot, la phrase, le paragraphe, car il avait plutôt l'habitude de parler en paragraphes. Il entend et comprend tout ce qu'on lui dit, il veut discuter, expliquer, démolir le raisonnement d'un de ses enfants, il est fier de la repartie cinglante qu'il a construite, de la démonstration qu'il s'apprête à faire, puis il n'entend pas sa bouche parler, il n'entend que dans sa tête tous ces mots qui lui reviennent comme un renvoi d'égout dans un lavabo. Alors, il rage ou il jure, parfois il baisse la tête et pleure, et pour s'occuper pendant que la ligne blanche des paroles de maman s'allonge jusque dans des pays lointains, il mange. Parfois il éructe un blasphème qui fige l'assemblée des enfants et qui interrompt maman dont le gazouillis s'éteint délicatement comme celui des oiseaux effrayés. Il replonge dans son assiette. Du couteau, qu'il contrôle encore assez bien, il façonne des petites piles d'aliments qu'il pousse sur la fourchette et qu'il enfourne. Des traces de sa fournée pendent aux commissures de ses lèvres. Il le sait bien. Il sent ce gras qui glisse sur son menton et qui va tacher la nappe immaculée de sa femme. Cela le rend probablement honteux. Il n'aime pas se comporter comme un mal-appris, et son orgueil est aussi démesuré que celui de César dans *Astérix*. Mais entre le moment où il sent que cela dégouline et celui où sa main rejoindra sa serviette de table, maman a déjà pris la sienne et essuyé son menton souillé de sauce.

Il ne comprend plus rien. Il possède les mots et toutes les pensées, mais personne ne les entend. Il sait tous les pas et les gestes, mais il tombe ou laisse échapper le verre. C'est ainsi qu'assis à sa gauche durant chaque repas de famille j'interprète ses colères ou ses démissions. Je préfère les colères. Elles disent que l'homme que j'ai connu, et que je n'aime pas, existe encore.

Toute sa vie, à coup de gifles et de gueule, papa nous a enseigné les bonnes manières, le s'il vous plaît et le merci, la tenue de la fourchette et du couteau, le dos droit et les coudes jamais sur la table. Tous les enfants de la famille respectent encore aujourd'hui ces règles élémentaires de civilité qu'ils transmettent à leurs propres enfants avec, je l'espère, un peu plus de douceur. Nous n'étions pas riches, mais il était fier et orgueilleux. La fierté de quoi, je ne sais trop. Quant à l'orgueil, voilà une qualité et un défaut que partageaient la majorité des hommes de sa génération. Il nous voulait mieux que les autres et plus grands que lui, ce qui n'était pas peu. Cette fascination pour la politesse et la bienséance à table m'intriguait. Elle ne pouvait donc venir que de ses lectures ou de fréquentations secrètes, ou encore de maman, parce que, dans sa famille et dans le quartier, les coudes envahissaient la table, les couteaux sciaient maladroitement la viande et se portaient à la bouche comme une sucette. Aujourd'hui, nous essuyons ses lèvres en tentant par délicatesse et respect de le faire rire.

Imaginons que je suis mon père en ce moment précis et qu'on m'essuie la bouche en m'expliquant, hilare, que je dégoutte, qu'on m'offre d'aller dormir même si je ne suis pas fatigué, qu'on me prive de dessert parce que celui-ci est trop riche et que ce n'est pas bon pour ma santé. Je suis papa. Je sais que je suis malade, très malade. Je veux tuer. On m'humilie. Je ne suis pas un enfant. Et même quand j'étais enfant, je me sentais diminué, insulté quand on me fourrait dans le visage un linge quelconque et qu'on frottait allègrement en me disant que j'étais tout barbouillé. Je me demande ce que pense le vieux que sa vieille traite comme un enfant.

Sur la table, la corbeille à pain est vide. Depuis quelques secondes seulement. J'ai mangé la dernière tranche. Je regarde à ma droite. Je vois le regard ulcéré de papa qui fixe l'absence de pain comme s'il était victime d'une injustice insoutenable. Une famille sans pain. Un père sans pain. L'histoire de l'humanité misérable dans cette seule accusation : pas de pain. Je le sens prêt à rugir, et maman, qui se préoccupe de sa santé, compte dans sa tête le nombre de tranches de pain qu'il a englouties et elle déprime. Elle consulte à sa droite et reçoit l'approbation d'une de mes sœurs qui calcule les calories. Tu veux encore du pain, papa ? Il me regarde et fait un bruit qui ressemble à oui mais qui tient plus du contentement du bébé qui sent la pointe du sein de sa mère se mouiller de lait. Maman baisse la tête, la sœur me poignarde du regard. Quand il voit la corbeille à pain de nouveau remplie, il roucoule. Je ne mens pas. Il prend une épaisse tranche, la tartine de beurre puis de pâté, auquel il a fait signe de la main et que je lui ai tendu, et se la fait en trois bouchées qui avalent plus qu'elles ne mangent. Il semble bien que le parkinson rigide ne résiste pas à l'envie du pain et que les neurones comprennent encore les odeurs du pâté. Ma sœur marmonne des mots inaudibles. Autrement dit, elle maugrée. Maman observe ce contentement gourmand, hausse les épaules et les rapproche davantage de la table, le nez dans son assiette presque vide comme si elle souhaitait rapetisser.

Papa mâchouille son pain gorgé de beurre qu'il a trempé dans la vinaigrette de la salade puisqu'il ne reste plus de pâté. Il coupe un morceau de camembert qu'il ingurgite prestement. Il ne regarde personne. Ses yeux fixent la table, les paupières tombent comme de vieilles persiennes. Bon Dieu, il se sent coupable ! C'est ce que je pense. Mais peut-être ne fait-il rien d'autre que prendre un répit avant de repartir à l'assaut de la table. Depuis son AVC, son parkinson et que ses jambes ne le suivent plus, depuis que la parole ne se retrouve pas dans sa bouche quand il la tient dans la tête, depuis qu'on s'occupe de lui, lui qui ne s'est jamais soucié de personne, depuis qu'il n'est plus un homme, un vrai, qui tonne et ordonne, il fait des yeux d'enfant coupable quand il subtilise une tranche de pain et des yeux de voleur quand il engouffre plus de fromage en deux bouchées que ses trois voisins de table. Maman rapetisse en constatant ces écarts interdits par la médecine. En mangeant ainsi, mon père malade assassinera certainement ma mère en bonne santé.

J'imagine, ce n'est pas facile en ce jour de fête, mais pendant que je regarde maman qui se transforme en papillon fragile et papa en sanglier régurgitant, je ne peux faire autrement que de tenter d'imaginer leur mort. C'est leur attitude à table, leur rapport à la nourriture qui m'impose la pensée de leur mort. Maman, qui pique de petites bouchées de sa fourchette et qui les mastique méthodiquement comme sans plaisir. Papa, qui engouffre des bouchées gargantuesques qu'il accompagne, pour ne pas que sa bouche se sente vide, d'un inévitable croûton dès que sa gibelotte à peine mâchée déboule dans son estomac. Il faut bien que je l'accepte cette mort, car elle est imminente, et ce n'est pas morbide d'y penser. Alors, pendant que je vois maman se renfrogner sans cesser de parler et papa dans un silence majestueux ramasser les assiettes qui tremblent dans sa main et qui suscitent l'inquiétude de tous les enfants qui baissent la tête pour ne pas être témoins du dégât annoncé, j'imagine leur mort.

Maman partira dans un souffle si poli que même ses draps ne l'entendront pas. Elle ne voudra déranger personne et sera même surprise de voir tant de gens pleurer devant son cercueil. Papa nous quittera avec un grognement, une sorte d'éructation, miasme de colère et de terreur. Maman mourra doucement, décemment, comme une dame, parce qu'elle sait depuis toujours que ce voyage est inscrit sur son carnet et que la seule incertitude en est la date. Papa rugira contre la vie qui le trahit et qu'il n'a pas réussie. Dans les dernières minutes, il dira qu'il a faim, pour ne pas mourir tout de suite. Dans les dernières secondes, son esprit recensera tous les livres qu'il a lus, toutes les conversations qu'il a entendues à propos de la vie éternelle. Il fera tous les paris, en commençant par celui de Pascal. Il demandera pardon à Dieu et à Allah, se demandera si d'autres dieux existent, et juste avant de voir cette lumière diffuse qui, paraît-il, illumine le bout du tunnel de la mort, il se souviendra de Julie, la plus jeune, qui en ce moment parle de son hypothèque et qui, il y a vingt ans, tentait lors d'un repas de Noël identique de le convaincre de la réincarnation. Un instant avant de mourir, papa décidera de croire à la réincarnation. Heureusement, Julie ne sera pas là pour lui dire que celui qui a beaucoup péché risque de revenir en lézard ou en mendiant. Maman mourra fatiguée, heureuse du devoir accompli, d'avoir élevé des enfants et probablement de rencontrer Dieu, en qui elle semble croire encore sincèrement. Pour papa, ce sera une défaite humiliante. Les hommes ne meurent pas. Voilà pourquoi il voudra croire aux « bêtises » de Julie qui ne croit plus à la réincarnation depuis qu'elle n'a plus dix-huit ans et qu'elle a deux enfants.

Mes parents habitent cette maison depuis quarante-cinq ans. Nous avions fui la proximité et le bruit d'un quartier populaire pour cette nouvelle banlieue qui commençait à ronger la campagne. Du premier matin, je me souviens du silence, d'un champ cultivé à trente mètres derrière la maison et d'une vache qui vaquait sur nos terres. Donc, au sud, un reste bucolique qui devint un boulevard, puis un centre commercial et finalement une excroissance hideuse de la ville. Au nord, trois rues peuplées d'Anglais qui nous ignoraient, ce qui n'était pas pour nous déplaire. Au-delà, vers la ville que nous avions abandonnée, des Italiens, beaucoup d'Italiens qui fréquentaient l'église comme nous et qui cuisaient du bon pain.

Depuis, le quartier a fait comme la planète riche. Des Haïtiens habitent dans les maisons italiennes, des Arabes dans les anglaises et des Tamouls dans les québécoises. Notre rue a été préservée de ces bouleversements qui ont irrité papa, sinon pour un Chinois qui ne parle à personne, un Haïtien mieux vêtu que les Blancs et un Témoin de Jéhovah italien qui distille un horrible vin mais qui a le cœur sur la main et un chien qui aboie trop. Ma mère se réjouit chaque jour de la bonhomie des bouchers hallal et mon père se désespère au nom de la ville entière de voir ces grands nègres déambuler dans les rues comme s'ils étaient chez eux.

Pour l'époque, c'était une maison cossue. Deux étages de briques rouges, perchés sur un talus, percés de plusieurs fenêtres et couverts d'un toit pentu qui conférait à la demeure une sorte de noblesse.

Pour l'enfant que j'étais, j'avais sept ans, cela ressemblait à un petit château, car pour accéder à la porte d'entrée, il fallait marcher trois mètres sur un trottoir de ciment, monter trois marches, refaire trois mètres et monter deux autres marches.

Cette porte s'ouvre sur un minuscule vestibule, mais un vestibule quand même. À droite, un escalier mène au sous-sol où on a installé dès les premiers jours une table de ping-pong et un congélateur, luxe suprême en ces temps. C'est aussi là, dans un endroit interdit, près de la fournaise, que papa avait installé son atelier. Je n'y pénétrais que pour recevoir des fessées douloureuses. Une fois passé la porte qui ferme le vestibule, une imitation de hall d'entrée, deux mètres sur deux. À droite, un escalier en bois verni qui mène vers les quatre chambres de l'étage. À gauche, une large porte qui donne sur le salon double où papa a installé son tourne-disque, son piano, les trois reproductions de Renoir et plus tard son orgue Hammond. Droit devant, la porte de la cuisine qui était la seule que nous empruntions quand nous rentrions de l'école, car le salon était en théorie interdit.

Très rapidement, papa a conclu que nous manquions d'espace. Nous étions déjà six marmots et un septième s'annonçait. Il a dessiné les plans d'une salle de séjour qui s'ouvrirait sur la cuisine, derrière la maison. Depuis, nous suivons presque toujours le même chemin, nous déposons nos bottes dans le vestibule, accrochons les manteaux dans la garde-robe qui jouxte l'escalier, pénétrons dans la cuisine, déposons plats et bouteilles de vin sur la table ronde, donnons une bise à maman et nous nous installons dans la pièce que papa a construite. Le salon avait cessé d'exister depuis des décennies. C'est la mort de papa qui lui redonne vie maintenant. C'est là qu'on a installé sa chambre depuis qu'il ne peut plus monter l'escalier. On a déménagé son lit jusqu'ici. Abandonné dans un coin de la pièce, il y a le fauteuil muni d'un moteur qui lui permet de se lever sans aide, mais dans lequel papa refuse obstinément de s'asseoir.

Depuis qu'elle existe, c'est dans la salle de séjour qu'on mange et qu'on fait la fête, comme pour protéger le reste des lieux. Noël, le Nouvel An, Pâques, l'Épiphanie (il y a une éternité), les anniversaires des parents, de leurs enfants, de leurs conjoints et de leurs enfants. Cette pièce fait salle comble des dizaines de fois par année, car jusqu'au dernier moment, et nous y sommes presque, maman a voulu que la maison demeure la maison familiale. Nous avons acquiescé.

Il doit bien être près de dix heures, car les petits s'impatientent. Ils ont fini de manger depuis long-temps, courent à l'étage, pianotent sur le piano, mau-gréent poliment, crient au sous-sol, tyrannisent le chat qui se réfugie derrière la fournaise dans le lieu encore interdit. Nous leur avons dit de revenir pour les des-serts. Je nous regarde et pense à la Cène. Nous sommes immuables. Je ne sais quel rituel nous assoit imman-quablement à la même place autour de cette longue table, qui n'est pas une table, mais une suite de tables collées les unes sur les autres au fur et à mesure que la tribu s'est agrandie.

Papa préside au bout de ce collage de tables. Devant lui, au fond de la pièce, la télévision qu'il gouverne jalousement de sa télécommande qui ne le quitte jamais. À gauche de la télé, l'arbre de Noël et les cadeaux que soupèsent et interrogent quelques petits sages et patients. À sa droite, maman. Maman, depuis toujours, à sa droite. Depuis des siècles, on dirait. Et dans l'ordre, en suivant le mouvement contraire des aiguilles d'une montre, Géraldine, banquière, et son mari ingénieur, que je ne connais pas même s'il existe depuis vingt ans, Julie, qui a un jour voulu écrire des tragédies, et son nouveau copain silencieux, qui par contre sourit franchement, Bernard, le plus sérieux d'entre nous, géographe et timide, ce qui explique peut-être son célibat, Mireille, homéopathe, vendeuse d'herbes et de thérapies, sincère et généreuse comme saint François d'Assise, son mari, fonctionnaire déçu par la bureaucratie, puis leurs deux filles sages et exemplaires qui attendent les cadeaux et les desserts, ma fille qui a trente ans et qui se cherche peut-être parce que je l'ai perdue en chemin, sa fille, ma petite-fille qui dessine des soleils en forme de visage, Lise, l'infirmière à qui je ne connais pas d'amour, Claude, l'enseignant et sa femme syndicaliste et féministe. Isabelle, que j'épouserai bientôt. Il manque Luc, qui ne croit pas à la famille et qui habite Vancouver. Et aussi Richard, qui nous a quittés avant de sortir de l'enfance.

Cela dit, pour papa nous n'avons plus de prénoms. Il nous définit depuis que nous sommes adultes par notre occupation, par notre métier. Je suis l'Acteur et Julie, la Tragédienne, Luc est l'Entrepreneur et Géraldine, la Banquière, Bernard, le Géographe. Papa ne regarde pas des enfants, il s'adresse à des fonctions.

Maman lui dit qu'il a trop mangé en même temps qu'elle dépose sur la table la bûche de Noël et que Lise et Isabelle sortent de la cuisine avec la mousse à l'orange et le gâteau aux fruits secs. Claude apporte les loukoums, Bernard les baklavas. Papa, avec sa télécommande, monte le son de la télé parce que Céline Dion chante *Minuit chrétien*. Il ne parle pas. Il grogne un genre de bruit qui ressemble à « Taisez-vous ». Personne n'entend, occupés à demander qui veut du gâteau ou de la mousse ou les deux et Lise qui parle de ses baklavas qu'elle a faits elle-même d'après la recette originale de Byblos où elle n'est jamais allée mais qu'elle a vu réaliser à la télé par un éphèbe au nom italien. Je n'écoute pas car je parle du Liban et des loukoums que j'y ai mangés en d'autres temps. Le volume de nos voix a augmenté en fonction de celui de la télé. Maman babille sur sa mousse à l'orange qui, depuis que j'ai deux ans, est mon dessert préféré. Elle n'a pas remarqué que je n'en mange plus depuis des années. Louise, la plus silencieuse, demande comment il se fait qu'il n'y a plus de fromage et qu'on a oublié la salade. Je regarde papa à ma droite. Il a posé la télécommande dans son assiette. Il tourne des yeux vitreux vers chaque enfant. Personne ne le regarde. Il est seul. Maman répète que le médecin préférerait qu'il ne mange pas de dessert. Lise, spécialiste de tous les desserts, fait maintenant les louanges de sa bûche. Elle en raconte les difficultés, les trucs secrets et le moelleux, le temps qu'elle a pris pour la confectionner. Elle nous parle aussi de la température du beurre et de la qualité de la farine qui n'est pas usinée. Son chocolat est biologique et certifié commerce équitable, et tous les fruits proviennent de producteurs locaux. Ce n'est pas un dessert, c'est un manifeste. Tout le monde se sert. Les assiettes débordent. On s'extasie poliment, car dans cette famille on est avare de compliments. J'entends au loin, près de l'arbre de Noël, un début de démonstration éloquente sur le commerce équitable.

Maman dit : « Ce n'est pas bon pour mon mari. »

J'ai vu son poing droit qui se formait lentement, à partir du petit doigt, et les trois autres qui se sont installés dans la paume et le pouce qui s'est posé latéralement sur les doigts et, enfin, l'autre main qui est venue solidifier le tout comme pour faire une masse qui s'est élevée au-dessus de sa tête. Je ferme les yeux.

— SI… LENCE… J'AI… FAIM !

Puis, le bruit sourd du poing s'abattant sur la table, le bruit d'une assiette fracassée (une des belles assiettes de maman, a dû penser quelqu'un), et soudain Céline Dion cristalline qui envahit la pièce avec ses trémolos professionnels. Il est probablement plus surpris que nous parce que je vois d'énormes larmes qui cherchent leur chemin parmi toutes les ravines de son visage. Il se lève péniblement pour ramasser les débris de l'assiette et, en se penchant, oubliant de s'appuyer sur la table ou une chaise, oubliant le parkinson et les neurones qui n'ont pas communiqué assez rapidement entre eux, il tombe lourdement sur le plancher. Une sœur crie qu'il est fou. Je crois que c'est la Banquière. Elle s'y connaît en folie car elle est très rationnelle. Le silence, qui est celui de la mort, s'installe pendant qu'on se précipite vers lui. Mais il se relève déjà avec l'aide de Julie. Maman explique que les émotions sont trop fortes pour lui. Elle se porte à sa défense. Mon Dieu, elle l'aime! Elle tremble et rapetisse encore un peu. C'est Julie qui dit « Tu veux du dessert? », et il s'assoit honteusement, baissant la tête et rentrant les épaules comme un enfant qui attend la punition méritée. Puis, toujours enfant, mais cette fois petiot pardonné, il sourit de sa victoire inattendue. OUI. Maman fait un petit signe avec deux doigts qui disent juste un peu. Lise lui compose une assiette énorme semblable à celles qui sont devant nous, avec un peu de tout. Il regarde l'assiette qui ressemble à un arbre de Noël de produits interdits. Dans un premier temps, il ne réagit pas, comme un prisonnier à qui on ouvre la porte de la prison et que le soleil éblouit. Il est paralysé par la lumière et les couleurs, surpris par cette générosité calorique. Puis, je vois dans ses yeux qu'il veut parler. Il ouvre la bouche lentement et, non, il détourne les yeux et regarde cette assiette qui déborde d'interdits. Papa est étonné par ce bonheur inattendu qu'on lui octroie. Péniblement, le parkinson rigide dit me… r… ci, et il sourit comme un bébé déjà gavé qui se prépare à faire son rot.

Avant que le cœur et les neurones ne l'abandonnent, je n'ai jamais vu mon père paralysé ou décontenancé. Ce n'est pas dans sa nature. Rien ne le surprenait, il semblait tout connaître et tout comprendre. Un jour, dans un sentier, il a ramassé un caillou idiot d'un gris anonyme et sans intérêt pour l'enfant que j'étais. C'était la première pierre du monde, un résidu du Bouclier canadien, elle avait vu les glaciations, les dinosaures, la mer de Champlain. Il parlait de cette pierre comme s'il l'avait connue intimement. Comment pouvait-il connaître les pierres d'avant tous les temps, lui qui vendait du pain tranché et des gâteaux, qui n'avait pas de diplôme et qui s'habillait si mal pour assister à la messe ou faire les courses?

En ce temps-là, qui me paraît lointain, on portait une chemise et même une cravate pour aller acheter des céréales, du Cheez Whiz et du bœuf haché chez Steinberg, le temple de l'épicerie moderne. Il marchait lourdement dans ses sandales qui faisaient un drôle de bruit chuintant, il portait un short trop grand qui soulignait ses jambes maigres et velues et, pire que tout, ne se rasait jamais le samedi. Pour lui, faire les courses un jour de congé ne constituait pas une sortie, un événement, seulement une tâche à accomplir qui brisait sa quiétude de bricoleur ou de jardinier. Il portait donc des vêtements de bricoleur ou de jardinier dans les allées du supermarché. J'avais honte et marchais résolument derrière lui.

Papa tente de saisir une bouchée de mousse à l'orange avec sa fourchette. On ne mange pas de la mousse à l'orange avec une fourchette, mais on a oublié de lui donner une cuiller et, ne voulant pas se compliquer la vie, il a décidé de faire sans. La portion immense s'écrase sur la nappe. Il rit. Maman baisse les yeux. Il regarde autour. Personne n'a remarqué. Rassuré, il tente avec ses doigts d'attraper cette petite motte gélatineuse. Il n'en récupère presque rien mais suce ses doigts avec un bonheur évident. Maman se saisit d'une cuiller et remet le tout dans l'assiette. Papa cherche la mousse sur la nappe. Puis, comme s'il avait oublié qu'elle avait existé, il s'attaque au baklava avec sa fourchette. Même les baklavas les plus authentiques, les plus grecs, les plus inspirés ne se découpent pas facilement. Ils résistent. Papa n'est plus à l'âge de la guerre contre le dessert récalcitrant. Il abandonne le baklava. Il inspecte son assiette et découvre cette tache orange qui est cette mousse qu'il avait perdue de vue.

— Revenue la mousse, ah ! ah !

Je lui dis combien la mousse est mon dessert préféré, maman entend et m'en sert une louche énorme que je mange pendant que papa rit. A-t-il compris que je n'aime plus la mousse ? Et maman de m'expliquer que, maintenant, elle n'utilise que du jus d'orange 100 % pur et qu'elle rajoute depuis quelques années le jus de deux citrons. Quand tu étais jeune, c'était du jus congelé et tu aimais ça quand même. Tu vois comme on change. Papa me donne sa mousse. Il sourit béatement. Il est fier de lui. Il triomphe.

Il était aussi très fier de lui avec son caillou ramassé sur le chemin qu'il avait fourré dans sa poche pour le rapporter à la maison, ce qui signifiait que j'entendrais de nouveau au repas du soir l'histoire véridique ou inventée de la première pierre. Par la suite, parce qu'il ne voulait pas être dépassé par ses enfants à qui il donnait l'école, le collège puis l'université, il a tout appris en détail ce que nous n'apprenions pas. Les planètes, les étoiles et les galaxies, les minéraux, les pierres semi-précieuses, les pyramides et la mythologie égyptienne, les grands monuments d'Europe qu'il n'a jamais visités, les fromages, les champignons. Et ce qu'il n'apprenait pas dans les livres ou à la télé, il le savait et l'affirmait avec une telle autorité que, même instruits et conscients de ses approximations, nous ne disions mot. Dans ces moments-là, ce n'étaient plus ses connaissances universelles qui nous en imposaient, c'étaient sa certitude et sa capacité de colère.

Le jour du premier caillou, papa avait décidé que nous mangerions des truites de ruisseau, des truites arc-en-ciel, qui représentent pour le pêcheur un défi sportif malgré leur petite taille. Pour huit personnes, c'est ce qu'avait dit maman, il nous faudrait une pêche miraculeuse. Papa l'avait engueulée. Il connaissait tous les ruisseaux et tous les sentiers du parc du Mont-Tremblant, comme il savait toute chose, mais il faut croire que ce jour-là le vent avait perdu son chemin, que les arbres avaient changé de forme et que le soleil s'était trompé de direction, ce qu'a majestueusement fait mon père qui, durant des années, n'a cessé de blâmer la nature et l'administration du parc pour sa distraction. Pire encore que notre incapacité de retrouver le chemin du campement, nous n'avions pris aucune truite. De plus, trop intrépide j'avais violé toutes les règles de la pêche qui, on le sait, est un art immobile et silencieux. Nous avions découvert une fosse prometteuse, une eau noire et profonde entourée de rochers, refuge paradisiaque pour les truites. J'avoue que j'ai profité de ma souplesse et de mon audace ignorante pour m'installer sur le rocher le plus moussu, déplaçant ainsi quelques cailloux qui firent des plouc malencontreux dans la mare. Papa tempêtait avant même que je n'aie mis ma ligne à l'eau. Mais du haut de ce rocher, certain de ma supériorité, je n'entendais rien de ces admonestations. Je dominais et je l'humilierais. À moi les truites! J'ai lancé ma ligne, et dans le mouvement je me suis senti entraîné lentement mais inexorablement vers le petit étang froid et profond. Je me suis débattu comme un chien malhabile, il m'a traité de tous les noms pendant que je croyais me noyer. Il m'a sorti de là d'une seule main et de l'autre m'a envoyé une bonne gifle. J'avais fait fuir toutes les truites. Il fallait trouver une autre fosse ou un autre ruisseau. Papa ne pouvait revenir les mains vides. C'est pour cette raison que nous n'avons pas tourné à gauche, mais à droite, pour retrouver les truites que j'avais envoyées en cavale. Le soleil descendait comme un enfant qui glisse sur une roche moussue et nous ne trouvions rien, pas un ruisseau, pas un lac, juste une forêt de plus en plus dense et sombre. Je ne vous dis pas ce que j'ai essuyé comme insultes. Jamais il n'a admis que nous étions perdus, même quand des hurlements de loups ont percé l'ombre dans laquelle nous marchions. J'avais froid et j'étais terrorisé. Il blasphémait. Je pleurais. Il gueulait. Je me suis enfoncé dans le sous-bois vers une autre direction que celle qu'avait prise mon père. Les arbres se sont écartés, se sont faits plus rares et sous mes pieds j'ai entendu le doux crissement de la terre battue dont on fait les routes de bûcherons. J'ai crié, crié. Il est apparu, a regardé la route et dit : « Tu vois, on n'était pas perdus. » Je ne pensais pas à ma réussite, seulement à ma libération.

De retour à la tente où nous attendaient, angoissés, maman et les cinq plus jeunes qui braillaient (ils mouraient de faim), il a fait semblant de ne pas comprendre cette inquiétude et ce désarroi. Il connaissait le parc par cœur, pourquoi les femmes s'inquiètent-elles toujours ? et, non, ce que dit André est faux, nous n'étions pas perdus, tu sais bien comment les enfants s'énervent pour rien, mais il a passé près de se noyer parce qu'il ne m'écoute pas. C'était donc ma faute si nous revenions sans truites et qu'il faudrait manger je ne sais quoi. Puis, pendant que maman réchauffait quelques boîtes de ragoût Cordon Bleu sur un réchaud Coleman, il a sorti son caillou. C'est ainsi que maman et les enfants ont appris que le Bouclier canadien avait vu les dinosaures et bien d'autres choses encore. Il parlait avec passion de ce qui le fascinait. En ce temps-là, c'était l'évolution de la terre, le glaciaire, le ternaire, le pléocène et quoi encore. Même maman que tous les cailloux laissaient de glace s'est fait prendre comme une couleuvre dans un nœud habilement tendu. Je me demande aujourd'hui si ce n'est pas ainsi qu'il l'avait charmée, par sa seule parole, comme il avait charmé les enfants avec les histoires de dinosaures et de mer de Champlain qui recouvrait Montréal. Imaginez ! La rue Sainte-Catherine grouillante de poissons, de pieuvres et d'autres bêtes hideuses qui plus tard sont devenues vaches, cochons et chats quand les eaux se sont retirées. Humilié, je me suis glissé dans mon sac de couchage et j'ai sombré dans le désespoir quand maman, après un baiser sur le front, m'a dit doucement mais fermement que je devais faire confiance à son mari. « C'est ton père et il connaît tout. »

Papa a trouvé le truc pour la mousse à l'orange. Une cuiller. La mousse disparaît dans sa bouche qu'il ouvre quatre fois plus grande que ce n'est nécessaire. Il tend le bras vers une bouteille de vin hors de sa portée. Maman soupire, mais ne proteste pas. Bernard, qui voit la main tremblante à quelques centimètres de la bouteille et qui ne fait rien pour l'aider, se demande à haute voix s'il n'a pas trop bu. Il y a quelque chose d'indécent dans cette façon qu'ont les enfants de parler à haute voix de leurs parents comme s'ils n'entendaient rien. Après tout, ils nous ont un peu inventés. Maman soupire encore et sourit légèrement. Il a toujours fait à sa tête, pourquoi cesserait-il maintenant? Je sens un peu plus d'affection que de réprobation, mais ce pourrait être aussi de la résignation. Elle verse un peu de blanc dans son verre qui contient encore un peu de rouge. Bernard hurle. C'est un Puligny-Montrachet 1998, soixante dollars, un grand vin! Maman s'excuse. Papa engouffre. Il ne boit plus du vin, il boit.

— Pas grave… ah!… ah!… j'aime… le… rosé.

Il s'étouffe presque dans son rire. Je ris aussi. Maman emboîte le pas comme quelqu'un qui fait partie d'une équipe. Elle rit par solidarité. Si c'est une blague, elle est bonne. Sinon…

Le Géographe se lève, il n'en peut plus. Il ne peut supporter ce Puligny-Montrachet sacrifié sur l'autel de la sénilité débilitante. Jean-Maurice, le mari de la Banquière, approuve Bernard et tente de faire ami avec lui après quinze ans de silence. Papa s'attaque maintenant à la bûche. Maman, qui le voit engouffrer une portion entière en trois bouchées, rapetisse encore. J'admire. Mon père a toujours été goinfre, mais jamais autant que depuis que les médecins lui ont prédit que cela le tuerait. Je lui envie sa rage de vivre.

Papa, tu te souviens quand on s'est perdus au parc du Mont-Tremblant? Je n'ai pas posé la question. J'y pense. Sa portion de bûche engloutie, il survole la table du regard et découvre qu'on a enfin retrouvé les fromages et que, à l'autre bout, on se découpe allègrement camembert et brie coulants et à point, saint-nectaire, roquefort et crottin de Chavignol, sans parler d'une fougasse qui pue le foin doré et le lait chaud. Une orgie de fromages. Nous ne mangerions pas de fromages si nous n'étions pas les enfants de papa. J'avais sept ou huit ans, et les autres bien moins, quand il avait déposé sur la table un dimanche une motte puante, une petite meule orangée d'une substance qui n'avait rien de commun avec le fromage que nous connaissions. Pour nous, le fromage venait en pot comme le beurre d'arachide ou en tranches plastifiées, une sorte de beurre gluant fait de fromage cheddar fondu. C'est de l'oka, qu'il avait dit, un grand fromage fabriqué par les pères trappistes dans leur monastère, et il nous avait obligés à goûter. Nous n'avions pas aimé, mais tranquillement, puisque papa est têtu, à force d'éduquer le goût comme on dit, nous sommes devenus fromage. Sur le grand plateau, une pointe d'oka non entamée. L'Américain Kraft a acheté le fromage, mis les moines à la retraite, adouci le produit de telle sorte qu'il en conserve l'apparence, mais ni la texture, l'odeur et le goût. Néanmoins, fidèles à notre premier fromage, nous en achetons encore, ne serait-ce que pour dire dans une rare unanimité familiale que les Américains ont tué l'oka.

Papa tend une main au-dessus de la table.

— Papa, tu te souviens quand on s'est perdus… C'est moi qui…

— Fro… fro… mage.

Il se tourne vers moi avec le sourire qu'on attribue généralement aux idiots, aux naïfs ou aux drogués. « Oui… j'étais com… com… plètement per… du… ah! ah! » Il jubile. Avouer en privé, comme dans un testament, ce n'est pas dire la vérité, c'est se libérer. Il ne demande pas pardon pour la gifle, les mensonges et le souper sans truites, il avoue et en rit. En voulant se lever, j'imagine pour se rapprocher du fromage qui ne vient pas à lui, car la famille a fait semblant de ne pas entendre ce « fromage » tonitruant, il pose la main dans son assiette. Il la relève, la regarde, pleine de glaçage et de sucre. Il la nettoie systématiquement de sa langue en commençant par la paume, puis, un doigt à la fois, avec toujours le même sourire de béatitude qui n'est peut-être pas aussi idiot que cela. Et il répète « Perdu » en indiquant le fromage.

Il m'a encore eu. Depuis le discours sur la première pierre du Bouclier canadien, papa sait bien que c'est son entêtement qui nous avait perdus. C'était il y a cinquante ans. Nous en avions reparlé à la blague à plusieurs occasions, généralement quand une nouvelle personne était admise dans le cercle familial. Comme le pape, il avait défendu chaque fois son infaillibilité. Et voilà qu'avec un air de saint béat il avouait cet horrible mensonge qui avait détruit à tout jamais mon respect pour lui, mais surtout pour l'autorité.

La suite de ma vie n'a été qu'une révolte brouillonne contre l'autorité qui ment. C'est ce que j'avais expliqué à mon analyste qui, semble-t-il, en avait convenu. Cela confirmait ses théories. Le sentiment de supériorité de mon père, mon incapacité de canaliser ma révolte en une remise en question de la supériorité de papa. Finalement, il m'expliquait que papa était un admirable dictateur roublard et que je désespérais de ne pouvoir rivaliser avec lui. Mon analyste n'arborait pas de barbichette, il ne jurait ni par Lacan ni par Freud, il jouait au tennis, ne se grattait pas la tête pendant mes confidences. Il me semblait parfaitement normal, une sorte de copain qu'on paye pour être entendu. Je lui faisais confiance et nous avons eu de longues fréquentations, inutiles pour moi. Mais combien j'étais disert et faisais un client en or! Je me souvenais de tellement d'anecdotes semblables que cela lui a valu une cuisine moderne, à mon analyste et, je crois, quelques voyages en Provence. Jusqu'au jour où il a prononcé une sorte de diagnostic, jusqu'au jour où il a décidé de m'expliquer ma vie. Il aurait dû se taire. Vous êtes un fils québécois typique d'un père québécois typique, et il allait poursuivre quand je me suis extirpé de son divan inconfortable et malodorant des psychoses des autres. Si papa et moi étions typiques, nous n'étions donc ni malades ni marginaux. Et on ne soigne pas la normalité. Ce n'est pas une maladie, c'est un état. Pendant cinq ans, j'ai fréquenté un psy pour qu'il me libère de mon père. Ce soir, je me dis que je vais plutôt fréquenter mon père, ce qui devrait m'en apprendre plus que ces cinq années onéreuses.

Bon, d'accord, je divague un peu. C'est Noël, je suis amoureux et prêt à tous les pardons et à tous les compromis, sauf avec papa. Des compromis, oui, mais des pardons, il faudra qu'il les mérite, donc qu'il les demande.

Bernard me regarde d'un air courroucé parce que je verse du vin dont je n'ai pas vérifié la couleur dans la coupe de papa qui s'assoit avec difficulté (tous ses mouvements paraissent pénibles à tel point que je ne cesse de me demander s'ils sont douloureux). Il ne souffre pas, il ricane. Il a cambriolé la banque des fromages. Ses yeux pétillent, brillent, parlent. Il plante un doigt dans le camembert et pousse un grognement de satisfaction animale. Il fait ah! ah!, deux onomatopées dont je comprends qu'elles résument l'éloge du camembert à point. Maman dit sans conviction qu'on ne plante pas son doigt dans le fromage. Elle ne parle qu'à elle-même, et papa n'écoute plus depuis si longtemps qu'on peut se demander s'il l'a fait une seule fois dans sa vie. Il y a des gens ainsi qui marchent sourds dans la vie et d'autres, aveugles. Papa fait partie des sourds. Je lui prends le bras. Depuis qu'il a eu cet accident vasculaire cérébral et que sa fragilité d'humain s'est avérée, je le touche, j'ai pour la première fois un contact physique avec lui. Mais quand je lui presse ainsi le bras ou l'épaule, c'est pour appuyer une parole, une question. Pour créer un sentiment de sécurité par la chaleur du geste. Comme un parent qui veut rassurer l'enfant avant de lui poser LA question, comme « Es-tu enceinte ? ». C'est aussi que, pour la première fois de ma vie, je suis supérieur. Je peux, si je le veux, devenir le père de mon père. Cela ne m'intéresse pas, mais cette possibilité, je dois l'avouer, me réjouis et me rend plus généreux à son endroit. Disons que je m'aime bien en prince philosophe et bienveillant.

— Papa, le gros doré quand on a gagné le prix au concours de pêche, pourquoi tu as dit que c'était toi qui l'avais attrapé ?

Il s'étouffe ou fait semblant, je ne sais plus parce que papa est un caïd, un vrai mec comme dans les vieux films français. Il est capable de manipulation. Il prend un quignon de pain, le tartine de camembert et rajoute une petite motte de beurre. Il avale cette énorme chose et, pendant que ses mâchoires fatiguées mastiquent, il interrompt l'opération pour boire la moitié de sa coupe de vin. Je me lève. Il me saisit le bras comme il le faisait quand j'étais enfant, juste à la hauteur du coude, et je sais qu'il peut placer le pouce et l'index dans ces petits creux qui cachent des nerfs tellement sensibles qu'ils hurlent lorsqu'on les serre. Ce n'est pas la peur de la douleur qui me terrorise, c'est le souvenir qui m'envahit et le sentiment que le petit rapprochement, il faut bien se rapprocher avant de mourir, que ce petit élan de tendresse va disparaître à cause de la dernière question que je viens de poser. Pourquoi les enfants veulent-ils tout savoir même quand, à soixante ans, ils déclarent, fiers d'eux, que la vie est un mystère? C'est simple, parce que les enfants ne cessent jamais d'être les enfants de leurs parents. Voilà une autre explication simple que le psy ne m'a pas proposée.

Il régurgite un peu. J'ai peur qu'il vomisse sur la table. Je lui prends le bras pour le calmer. Je sens dans mon geste une tendresse involontaire que je ne me connais pas. Je ne suis pas tendre. Je ne l'aime pas, cet homme, je ne l'aime pas du tout. Maman s'est levée pour aller se réfugier dans la cuisine. Son lieu. Je crois qu'elle ne veut pas être témoin de la suite. Maman, qui connaît toutes les vérités, ne veut pas les entendre. Savoir suffit amplement.

Papa a les yeux d'un poisson qui a passé trop de temps sur l'étal. Il me regarde comme s'il allait me tuer. Ce regard, je le connais, c'est celui de la colère et de la violence inexplicables, celui des meurtres qui défient les policiers dans leur simplicité haineuse. Je n'ai plus peur de lui, mais il parvient à me terrifier encore. Pour-quoi les pères n'aiment-ils pas leurs enfants? Ou plu-tôt, pourquoi les enfants savent-ils rarement que leur père les aime? Ce ne sont pas des questions qui m'in-téressent, même si elles me semblent légitimes, tout ce que je souhaite, c'est de savoir. Pas de comprendre. Savoir. Que penses-tu, papa? À propos des truites et du doré? Et s'il n'avait jamais aimé? Personne, même pas lui-même? Et si j'étais pareil? Tel père, tel fils. J'ai peur d'être mon père. Isabelle s'amuse avec les ados plantés depuis quelques minutes devant l'arbre de Noël. Je bois pour ne pas avoir peur.

— Le doré…

Il respire avec difficulté.

— Le doré, c'est com… pli… qué.

Il prend son assiette. On croit qu'il veut se lever. J'entends une voix. Papa, on s'en occupe. Reste assis. C'est une prévenante. J'allais dire « comme toutes les filles », mais la maladie bouscule les catégories. Nous réagissons unanimement quand il prend son assiette et commence à se lever. Nous le savons, le prévoyons. Il va probablement tomber et l'assiette se fracasser et le fromage se retrouver sur le tapis. Nous voulons prévenir cet incident. Papa a toujours rapporté son assiette à la cuisine, jamais celle des autres. Il n'a jamais aidé maman, sinon pour cette assiette qui est la sienne et dont il est responsable. Toute sa vie, il a posé cette assiette dans l'évier, a fait couler l'eau puis l'a lavée studieusement et l'a posée sur le comptoir. Jamais il ne l'a essuyée. C'était là le travail de sa femme ou d'un enfant. Mais, toute sa vie, il a lavé son assiette. On lui enlève prestement l'assiette des mains. Il ne dit pas merci, car ce n'est pas un cadeau qu'on lui fait. Il soupire et me dévisage. Je regarde dans mon assiette et ne pense plus au doré. Pourquoi me prend-il à témoin de ce vol d'assiette, moi qui n'ai jamais même tenté de faire semblant que j'entretiens quelque sentiment pour lui ?

Qu'est-ce que fait un vieux qui attend la mort à qui on explique en termes scientifiques et indiscutables que, s'il veut vivre quelques années de plus, il doit justement cesser de vivre, bouger le moins possible, manger ce qu'il n'aime pas, éviter les émotions fortes ? Comment réagit un vieux à qui on propose de vieillir sans vivre ? Il se fout bien des quelques jours de plus que cette diète de vie lui procurera. Il sait bien mieux que tous qu'il va mourir.

Il vit avec sa mort. Il la sent dans ses membres qui ne le suivent pas, dans ce sommeil qui ne vient pas quand il regarde le plafond peuplé d'ombres qu'il ne connaît plus. Comment réagir quand on est orgueilleux comme lui ? Il plie et meurt poliment selon les règles, comme la vie, les médecins et son entourage lui conseillent de faire ? Il s'incline, se fait obéissant ? J'ai parfois l'impression que c'est exactement ce que nous lui demandons de faire. Papa n'est ni obéissant ni poli et il rage contre la mort qui veut lui enlever la vie. Mais il sait bien…

Il persiste bêtement à vouloir laver son assiette. Comme si une assiette résumait toute sa vie. Mais voilà, ce soir, dans le grand énervement de Noël, cela lui est tout à coup interdit. Nous lui épargnons tous les gestes. Nous le protégeons. Voulons-nous vraiment le garder ? C'est la première fois que je me pose la question. Une honte que je ne connais pas m'envahit. Une honte de cent petits mensonges, de mille bonjours sans signification, une honte de regards qui évitent ses yeux, pire, une honte de ne pas dire : meurs, papa, meurs, s'il te plaît, pour nous faire plaisir enfin. Fais-nous un cadeau. Meurs.

Je cherche Isabelle. J'apprends la tendresse avec

elle, le respect, et surtout l'abandon. Elle est en quelque sorte ma rédemption. La première pierre de ma vie.

Je ne la vois plus. Elle cause sûrement dans la cuisine avec maman, qui décrit sans doute son désarroi devant l'imprévisibilité de papa ou sa fatigue. J'entends une voix expliquer que papa exagère, que c'est peut-être pour faire enrager maman, qui non seulement organise sa vie à lui, le mari, le père, le pourvoyeur, mais aussi les finances, l'entretien de la maison, le choix des menus. L'Homéopathe est débordante de générosité, elle n'accuse pas, elle constate sans juger. Elle dit ce qu'elle est certaine de voir. Le Géographe acquiesce et en rajoute. Le frère n'y va pas par quatre chemins, il accuse et dit des choses comme : « On dirait qu'il fait exprès de faire chier tout le monde… » Mon frère n'en peut plus de cette vie qui n'arrête pas de finir. En fait, il est mal à l'aise, tout ce qui ne se fait pas l'indispose, tout ce qui ne se dit pas le dérange. Et puis, technicien qu'il est, il croit en la science. La vie semble être un mécanisme complexe mais en même temps facilement déchiffrable pour ceux qui savent. La vie doit donc se soumettre aux mécaniciens de la vie qui sont les médecins. Et tous les médecins que papa a consultés, tous sans exception, proclament que, s'il veut vivre encore, il doit cesser de manger comme il l'a toujours fait. Ce fils de papa me regarde, je ne sais si c'est avec mépris ou défi : « Évidemment, tu n'es pas d'accord. Tu ne prends rien au sérieux. » Je ne discute pas avec mon frère, ou si peu. Nous voyageons dans des galaxies différentes et partageons, comme dans *Star Wars,* une planète qui est notre base de repli. La famille. Nous y venons pour des raisons différentes. Comment lui dire pour qu'il l'entende vraiment que je prends tout au sérieux et que ce qui l'agace m'émeut et m'attriste?

Je vois maman parler à Isabelle qui prête une oreille attentive, comme dit le cliché, une oreille dont on ne sait jamais ce qu'elle pense mais dans laquelle on se déverse comme une chute dans un ravin. Papa s'est levé finalement et a repoussé toutes les admonestations, il lave la vaisselle méthodiquement comme un plongeur. Je le rejoins. Il vient pour déposer une assiette dans le bac… je la prends et commence à l'essuyer. Il se tourne vers moi, me regarde comme si j'étais le policier qui le traque depuis toujours et qu'il était coincé, que le temps des aveux était venu. Voilà, c'est la fin, qu'il se dit.

— Le doré…, tu peux… pas…

Il baisse la tête. Pourquoi prend-il toujours l'allure contrite de celui qui est constamment coupable de quelque chose? Je m'en veux d'avoir ravivé ce souvenir qui ne m'est revenu que parce qu'on parlait des truites qui nous avaient perdus. La mémoire qui fonctionne comme un moteur de recherche a associé truite et doré. Et la parole qui ne réfléchit pas toujours a fait le reste. Je ne veux surtout pas qu'il croie que je le pourchasse, que je le harcèle, que j'ai des comptes à régler. Ce fut le cas autrefois. Seule, aujourd'hui, une curiosité presque enfantine m'anime. « Dis-moi, papa, dit l'enfant ébahi, c'est quoi ton truc, pourquoi tu t'en sortais toujours? » Je m'amuse maintenant à remonter le temps. Je suis heureux. Enfin, après tant de simagrées du bonheur et tant de trous noirs tant bien que mal camouflés. Les gens heureux n'ont pas de comptes à régler avec les gens tristes. Ils recommencent à zéro. Le bonheur les installe devant une table rase.

Le visage de maman se fige comme celui d'un enfant terrifié. Un mot qu'elle allait prononcer s'est arrêté à l'orée de ses lèvres entrouvertes. Ses paupières froissées par des rides minuscules se referment lentement sur ses yeux humides. Elle souffre de voir ce qu'elle voit. Papa tourne le dos à l'évier et ne regarde nulle part, tandis que Bernard et Lise et Claude, qui entrent dans la cuisine avec les assiettes et les plats, s'arrêtent, se regardent, s'interrogent. Papa pleure et ce n'est pas joli. C'est tout son visage qui se décompose en liquides, yeux, nez, bouche. Il tousse et passe le revers de sa main sur le nez qui dégouline et puis l'autre sur sa bouche humide. Je ne sais pas qui dit, tu n'es pas bien, ni ne reconnais la voix d'une de mes sœurs qui répond tout bas que c'est évident qu'il a trop bu et trop mangé et qu'il devrait écouter les conseils du médecin, mais il en fait toujours à sa tête. Papa, tu n'es pas raisonnable! De quoi? Je sais qu'il n'a rien entendu de ces propos, mais c'est comme si on me les adressait. Je deviens mon père et j'entends ce qu'on dit de mes larmes, de mon impuissance et peut-être de la vaisselle que j'aurais mal lavée. Je faisais pourtant un tel effort. Je lui prends le bras fermement, je serre à la hauteur du coude, comme il le faisait souvent quand j'étais enfant, et je le tire vers moi.

— Viens, tu vas t'étendre.

— Non… le doré… les cadeaux.

— On reparlera demain du doré… Repose-toi un peu et tu reviendras pour les cadeaux.

Il se laisse guider, ne pleure plus. Maman a rouvert les yeux et tente de se faire un visage des fêtes, les enfants (c'est ainsi que j'appelle mes frères et sœurs parce que je suis l'aîné) s'affairent à déposer les plats et les assiettes sur la table ronde de la cuisine. Claude, je crois que c'est lui, fait une blague pour désamorcer le drame et s'installe devant l'évier à la place de papa pour terminer le travail. Papa pousse lentement ses pas sur les tuiles de la cuisine. Je n'aime pas ce contact physique avec mon père. Lui ne le sait pas. Trop tard pour lui expliquer le déplaisir que je ressens en le soutenant et en l'accompagnant dans ses pas. Inutile aussi. Voilà, j'ai compris, c'est un vieux que je raccompagne à son lit, un vieux qui meurt, n'importe lequel vieux qui me fait penser à un père mourant. Cela me va.

Il marmonne, allongé sur son lit. De la cuisine proviennent des rumeurs d'assiettes qui s'entrechoquent et de conversations à voix basse. Il ne veut pas se déshabiller. Je ne lui ai pas offert de l'aider. Cela me trouble. Je l'ai regardé s'allonger, geste normalement si simple. Quoi de plus facile que de se laisser tomber de fatigue sur un lit ou encore, si on est plus méthodique, de s'asseoir, d'enlever ses chaussures puis, d'un mouvement englobant l'ensemble de l'opération, de se laisser couler le dos sur le lit, la tête sur l'oreiller, et de ne même pas remarquer que les jambes suivent et choisissent leur place. Pour qu'il s'assoie, il a fallu que je le tienne. Ensuite, instinctivement, il s'est penché pour enlever ses souliers. Il a oublié qu'il ne peut plus. Son dos ne permet plus à ses mains d'atteindre ses lacets. Je lui ai proposé de les défaire et le grognement que j'ai entendu m'a semblé signifier non. Son corps ne constitue plus un tout. Plus rien ne se tient ensemble, ni le cou avec la tête, ni les hanches avec les jambes, ni les bras qui pendouillent. Il a posé un coude sur le lit, puis de la main gauche a entraîné la jambe gauche. L'autre a suivi, mais pas sans effort. Tous ces gestes que nous enchaînons normalement, il doit les décomposer mentalement, puis tenter de les reconstruire, puis de les exécuter, opération par opération, de telle sorte que bouger n'est plus une danse liée mais un travail saccadé et ardu. Je suis debout, inutile comme une patère au milieu d'un jardin. Il tourne les yeux vers le piano et il dit piano, ensuite vers l'orgue électronique et prononce orgue, et termine son tour d'horizon en contemplant la petite chaîne hi-fi qui trône sur un vieux meuble cachant dans son ventre un tourne-disque des années quarante. Il ne dit pas musique. Je lui demande s'il veut écouter un disque ou encore que je joue un peu de piano ou d'orgue.

— Trop… trop…

Il cherche longtemps puis…

— Trop de bruit.

— Ça ne dérangera personne.

Il secoue la tête hargneusement. Il ne comprend pas que je ne comprenne pas.

— Trop… pour moi… le bruit. Les gens…

Je me rends compte soudainement que, depuis deux ans, je n'ai pas entendu une seule note de musique dans cette maison quand j'y suis venu seul visiter papa et maman, pas un son n'est sorti du piano, de l'orgue ou de la chaîne hi-fi. C'est pourtant ici, dans ce salon, que j'ai découvert la musique, de ce tourne-disque que me sont parvenus les premiers sons mystérieux qui m'ont emporté, je ne sais trop pourquoi, qui m'ont fait rêver, pleurer, danser même, tout petit. Comme tous les autodidactes, papa pigeait un peu partout, sans aucune logique ni constance : Tchaïkovski et Beethoven surtout, Chopin pour les sonates, mais aussi Nat King Cole, Liberace, Louis Armstrong, Piaf, Sinatra et, pour affirmer je ne sais quoi, peut-être ses origines ouvrières, de la musique pompier, des polkas, de l'accordéon et des marches militaires. Cependant, de tous ses disques, celui qu'il préférait, c'étaient les toccate et fugues de Bach, interprétées par Albert Schweitzer, médecin mythique et organiste modeste, dont il évoquait parfois la grande bonté à l'égard des Africains, ces gens si peu développés intellectuellement auxquels il avait consacré sa vie. Papa admirait beaucoup le docteur Schweitzer, moins les nègres.

Il devait être une heure du matin quand je fus réveillé par une violente dispute entre mes parents qui couchaient à l'étage dans une chambre voisine de celle que je partageais avec Richard. J'entendais mon père hurler et ma mère pleurer, implorer, puis crier de douleur. C'était la première fois que j'entendais un cri de femme. Ça m'a terrifié. J'avais sept ans. Puis des pas bruyants, des sacres qui déboulaient l'escalier, puis une tornade, un ouragan de sons plaqués rageusement sur l'orgue électronique Hammond dont je ne connaissais que les touches imitant la flûte, la trompette ou le violon. Je sais maintenant que c'est la plus célèbre des toccate et fugues de Bach. Il avait mis le volume au maximum. Il martelait le pédalier avec une telle force que la maison tremblait, murs et planchers compris, tordus par les vibrations sourdes de la musique. Richard se réveilla en hurlant, maman entra dans la chambre en disant qu'il ne fallait pas s'inquiéter, que papa jouait de la musique pour se changer les idées. Le carillon de la porte d'entrée a sonné et la musique a cessé. J'ai reconnu la voix du voisin et, évidemment, celle de mon père. « Vous n'aimez pas Jean-Sébastien Bach ? Vous n'aimez pas la belle musique ? Vous êtes un imbécile. » Et il a claqué la porte. Il faut dire que je commençais à comprendre que, pour mon père, il n'y avait pas beaucoup de personnes qui n'étaient pas des imbéciles, et j'avais très peur d'en être un. Il se remit à piocher Bach jusqu'à l'arrivée des policiers qui, après une longue explication, ont concédé que Bach était un grand musicien dont on ne devait pas interpréter la musique à deux heures du matin. Mon père en a convenu. Et c'est avec la *Sonate à la lune* que nous avons trouvé le sommeil, nos pleurs asséchés et nos craintes renvoyées à plus tard.

— Tu te souviens, la toccate et fugue de Bach ?

Il me regarde fixement comme si je l'emmerdais et qu'il n'attendait que mon départ pour enfin jouir du calme et de la tranquillité qui le mèneraient au sommeil.

— Non… Le doré… je… vais…

Il démissionne, ferme les yeux. Quels aveux choisir ? Le doré ou Bach.

Je reviens dans la cuisine. Maman, qui a vécu cinquante ans avec ses humeurs mercurielles, ses bouffées de chaleur et ses soudaines dépressions, a déjà oublié les larmes de papa. Heureusement, car c'est ainsi qu'elle peut survivre, en fermant la porte après chaque petit drame parce que ses journées sont habitées de cette désolation subite qui nous afflige, nous, les enfants, ou nous indispose. Nous partons après chaque fête. Elle reste. Doit, j'imagine, renouer le dialogue le lendemain matin, délicatement, mais aussi avec précision, en mettant les points sur les *i*. S'il fallait qu'elle réagisse avec autant de désarroi ou de violence que nous, elle en mourrait. Je m'assieds à ses côtés. Elle me tapote gentiment le dessus de la main et se fait rassurante. « Ne t'en fais pas. Il ira mieux demain. Il a bu un peu trop, et puis c'est trop d'émotions pour lui ces fêtes de famille. » Voilà, j'ai dix ans. Ma mère me rassure et j'en suis heureux. Pourquoi faut-il que les parents meurent pour que les enfants se sentent enfin adultes? Elle reprend sa conversation avec Isabelle à propos de la réception pour le mariage. Car Isabelle et moi allons nous marier dans un mois. Cette cérémonie permettra à maman de mourir en paix ou presque, assurée soit de l'aisance, soit du bonheur de chacun de ses enfants. J'étais le dernier à qui l'une et l'autre semblaient échapper. « Tu sais combien ton mariage me rend heureuse… » Elle hésite. « … Mais je ne pense pas que ton père et moi allons pouvoir y assister. » Isabelle proteste. Je renchéris. Et elle ajoute, c'est trop compliqué, comme pour indiquer que nous devons nous soumettre pour éviter des problèmes que personne n'évoque ou ne veut avouer. Elle a peur de papa, des taches qu'il fera sur la nappe pendant le discours du marié, des propos incohérents qu'il tiendra devant les parents d'Isabelle. Mais, comprenez-la, comprenez-moi : elle ne craint pas d'être humiliée (oui, un peu, mais si peu), elle pense peut-être ainsi le protéger de l'humiliation, mais surtout lui épargner ces émotions dont le médecin a dit qu'elles le tueraient. Maman veut lui épargner ce qui nous fait vivre pour qu'il ne meure pas. Maman veut le priver d'émotions comme on interdit les gras saturés. Il faut peut-être interdire le bonheur pour allonger la vie. Maman ne le dit pas ainsi, mais c'est ce que je comprends.

Sur ce sujet, la famille s'est aussi divisée. J'entends un frère évoquer l'embarras qu'il pourrait causer chez tant d'inconnus, dont particulièrement la très respectable famille d'Isabelle que personne n'a encore rencontrée et mes amis comédiens dont quelques-uns sont célèbres et adulés. Mais bien sûr qu'on sera surpris s'il tombe de sa chaise ou renverse son assiette de soupe sur la robe de la mariée. Cela va de soi, ne se discute pas. C'est du malaise, de la source de cette gêne et de ces sourires gênés qu'il faut parler. Tentons une explication : le malade jouit d'un droit inaliénable, il est absolument libre d'être malade s'il ne se comporte pas comme un malade, comme un vieux près de la mort. Un malade libre d'exister doit être un malade en bonne santé. Ou plutôt, un malade poli qui réussit à dissimuler avec talent son état d'agonisant.

Com… pli… qué… comme dirait papa à propos du doré. Malgré mon désaccord, je sens qu'il ne faut pas affronter maman. Les chats s'enfuient quand on les approche directement. Ils reviennent quand ils le souhaitent. Les oiseaux sont pires, et maman est un oiseau-chat.

Elle s'enquiert de ma conversation avec papa. Je veux bien changer de sujet pour lui faire plaisir et surtout ne pas la faire fuir. Je lui parlais de musique et lui me disait que la musique faisait trop de bruit.

Sa main, qu'elle tient toujours posée sur la mienne, vibre légèrement puis m'abandonne pour rejoindre son autre main qui, maintenant jointes, forment un support pour sa petite tête. Je me dis que tout pourrait casser, que, comme une porcelaine fragile que ne supporteraient pas deux mains d'albâtre, cette minuscule tête d'oiseau pourrait choir sur la table.

— Il ne faut pas lui parler de musique, c'est trop d'émotions.

Maman voudrait me le rendre aimable qu'elle ne choisirait pas d'autres mots. Musique. Émotion.

Sans émotions, je meurs. Sans tressaillements inquiets, sans incertitudes, sans surprises, sans émotions, oui, c'est bien cela, je meurs. Et nous tuerions papa à coup d'émotions ? Nous le tuerions en le laissant dans la vie ? Je ne pose pas la question ainsi car maman parle avec Isabelle de sa robe dont Isabelle cache les secrets pour m'émouvoir quand je la verrai toute parée et parce que j'attends cette émotion, ce sursaut des yeux et du cœur, cette surprise audacieuse qu'elle ose préparer sans demander mon avis. Elle refuse même de me dire la couleur.

— Mon amour, dis-moi juste la couleur.

— Si je te dis la couleur, tu verras la robe.

— Non, seulement la couleur, la couleur ne dit rien.

— La couleur dit tout.

Voilà une émotion qui donne envie de vivre.

Les mains de maman tiennent toujours sa tête fragile.

— Le médecin a dit qu'il devait éviter les émotions. C'est pas bon pour son cœur.

— Et pour sa tête, c'est mauvais les émotions ? Pour son bonheur, c'est contre-indiqué ?

Isabelle me regarde comme une mère qui a envie de gifler un enfant impoli.

Dans la salle de séjour, les voix se sont faites plus feutrées. Je sens bien qu'on suppute et s'interroge comme en une sorte de conseil de famille informel qui décidera peut-être de la vie de nos parents ce soir ou dans quelques semaines, à la prochaine chute de papa ou quand la majorité, au nom du bien de maman, organisera leur avenir respectif. Déjà que certains enfants ont commencé, depuis l'accident cardiaque de papa, à se venger de leur enfance obéissante en prenant le contrôle de presque tout dans cette maison. Il ne faut pas y voir de méchanceté ou de vengeance dans le sens littéral du terme. Mais je comprends bien ce que nous faisons : inconsciemment, nous reproduisons les modèles de nos enfances respectives. Bernard, de toute évidence, veut recréer pour les vieux l'ordre strict et contraignant auquel ils l'ont soumis. La Banquière veut installer cette organisation logique et prévisible qui lui a manquée et qu'elle impose à tous ses subalternes de la banque dont elle est vice-présidente. Pour ce qui est du sort de papa (car nous en discutons continuellement), deux écoles s'affrontent, les médicaux et les bouddhistes. Les médicaux ne boivent pas vraiment, ils calculent la glycémie, le taux d'alcool, la calorie égarée, et s'ils fument, c'est après le café, le soir, préférablement un vendredi ou un samedi. Les médicaux, quand ce sont des femmes, se pèsent tous les soirs… Les bouddhistes fument totalement ou absolument pas, boivent autant que faire se peut et tiennent un discours plus ambigu. Ils veulent bien laisser couler le fleuve de la vie de papa, lui permettre tous les plaisirs interdits par la médecine dure, mais en même temps, ils souhaitent que ce flot de bonheurs volés aux prescriptions médicales s'harmonise avec celui de maman. Voilà le hic. Si papa mange trop d'huîtres et de foie gras, il grognera de satisfaction, mais le lendemain matin, quand les bouddhistes méditeront devant le soleil levant, c'est maman toute frêle et menue qui devra tenter de le relever après une chute causée par un étourdissement provoqué probablement par trop de gras dans le métabolisme paternel dont nous ignorons absolument tout. C'est là que les deux écoles se rencontrent prudemment et timidement, le souci de maman. Car pour nous, elle incarne tout ce que nous souhaitons de la vie de vieux qui nous attend. Avec ses yeux pétillants, son sourire accrocheur, ses confidences perpétuelles, ses souvenirs glorieux, sa famille légendaire, sa complicité avec le boucher algérien qui illustre son ouverture d'esprit, maman, depuis que la maladie de papa lui a redonné âme et parole, séduit plus que jamais elle ne l'a fait.

Papa, il faut bien l'avouer, nous annonce le pire de la vieillesse. De plus, même avant sa vieillesse extrême, il n'avait rien pour nous charmer, nous intriguer ou susciter une quelconque admiration. Ni famille, ni souvenirs, ni projets qu'il aurait partagés avec nous. La première confidence que j'ai recueillie de lui, c'est ce soir quand il a avoué qu'il nous avait égarés dans le parc du Mont-Tremblant. Plus de cinquante ans avant d'avoir cette faiblesse d'orgueil. C'est un progrès, je l'admets, mais je ne sais toujours rien du doré qu'il m'a volé et de mille autres choses que je préfère ne pas aborder. Trop tard pour régler les grands comptes, juste encore un peu de temps pour découvrir l'humain derrière le personnage craint, derrière l'homme sans émotions apparentes. Il faut dire que la vie ne l'a pas beaucoup aidé. Une famille obèse, ouvrière, diabétique et vulgaire dans les années trente, ça ne vous oriente ni vers le bonheur, ni vers la culture ou le respect de soi, ni vers la délicatesse des sentiments. Il ne possède aucun souvenir personnel qui puisse faire l'objet d'une conversation passionnée et n'aime pas les Arabes, les Noirs et les Juifs. En fait, il n'aime personne qui n'est pas exactement comme lui. Il n'est pas vraiment raciste, mais il ne peut supporter les Noirs; pourtant, il est scandalisé par l'Holocauste, par le sort que font les Israéliens aux Palestiniens, et il est convaincu que les Américains sont racistes.

Donc, quand maman souffre de la vieillesse de papa, on se soucie de la vie qui lui reste et que papa lui enlève peut-être. On craint en somme que la maladie de papa ne tue maman. Paradoxe embêtant que celui d'un agonisant qui assassinerait son épouse bien vivante.

Mireille l'Homéopathe dit à maman que papa devrait comprendre que ce n'est pas bon pour lui d'exagérer ainsi, qu'il n'est pas idiot et que peut-être un thérapeute... Que ne comprend-il pas ? La vie, sa nouvelle vie de mourant ? Mireille, comment pourrais-tu accepter de mourir là, maintenant, devant une table débordante de fromages, de gâteaux de Noël et de vins, et que tout cela t'est interdit ? Je ne te pose pas la question car maman m'observe, elle sait que j'ai envie de t'engueuler, et rien ne l'attriste plus que de constater que tous ses enfants qu'elle aime également ne s'aiment pas de la même façon.

— Un peu de vin, maman ?

Maman pétille à nouveau (comment fait-elle pour passer de la détresse au bonheur apparent en quelques secondes ?), donc, maman acquiesce et accepte que je lui verse un peu de rouge. Elle me regarde, me suppliant de je ne sais quoi. Probablement de ne pas m'engager dans une discussion dont elle craint qu'elle finisse mal. Je pense à l'homme qui a dû travailler ardemment pour s'étendre sur son lit et à ce pénible et lent voyage des yeux sur le piano, l'orgue et le tourne-disque. Papa, dictateur déchu, quêtant encore un verre de vin, comme Pinochet implorant la clémence pour cause de sénilité. Et je réponds à haute voix pour que les conversations parallèles cessent : mais elles ne le font jamais vraiment dans cette famille et c'est presque à moi-même seulement que je m'adresse.

— Soyons sérieux. Le vin, le fromage, le bacon, le gras, le steak, je ne parle pas du homard et du foie de veau, rien de cela n'est bon pour papa. Et puisque les émotions le perturbent, il est préférable pour sa santé de le priver du bonheur — une émotion — d'assister à mon mariage. Marcher n'est pas bon non plus. Je sais, il tombe régulièrement. Il n'aime plus la musique. Il aimait parler et il en est incapable maintenant. Nous nous battons avec lui pour interdire tout ce qu'il aime dans l'espoir qu'il vivra longtemps. Laissons-le vivre en attendant qu'il meure.

— Tu veux tuer maman.

C'est une voix à la fois médicale et un peu bouddhiste qui parle. Maman grignote studieusement un bout de fromage comme une souris qui n'entend rien. Elle ramasse même les miettes sur la table de deux doigts tremblants.

Deux morts annoncées. Celle de papa libérera maman, la sienne le tuerait. Joli problème pour une famille.

Je commence à comprendre qu'il n'est pas aisé de voir mourir quelqu'un avec qui on a vécu près de soixante ans même si on ne l'aime pas. De même qu'il n'est pas facile non plus de voir quelqu'un continuer à vivre pendant qu'on meurt. Et je sais combien la vie de maman s'est rétrécie comme une peau de chagrin depuis que papa cesse de vivre, neurone par neurone, et que peut-être, lasse et meurtrie, elle prie Dieu le soir de rappeler à lui cet homme qui l'épuise. Elle a choisi de devenir la protectrice, la gardienne, l'infirmière, mais en même temps le maître du logis, le décideur, l'exécutant. A-t-elle choisi ? Non, sans doute pas. Les femmes de cette génération ont un sens du devoir et de la souffrance dont bénéficient tous ceux dont elles sont responsables, enfants, frères, sœurs, maris. Elle est devenue à la fois la mère et le père de son enfant malade, qui est son mari. Si ma mère rapetisse, c'est probablement qu'elle n'est ni homme ni femme, qu'elle assume les responsabilités des deux sexes et aucun des plaisirs. À la maison, elle ne vit plus, elle fonctionne. Je ne suis quand même pas pour dire cela. Je me tais.

— Et puis le neurologue a dit à maman que…

Le neurologue, comme son titre l'indique, parle trop souvent des neurones et rarement de papa. Il mesure les impulsions électriques, note les dysfonctionnements, décrit les carences, fait les prévisions météorologiques à propos des orages qui s'annoncent dans le cerveau et des dégâts que ces catastrophes naturelles vont entraîner. Les neurones ne savent ni le bonheur ni la peine. Lui aussi croit qu'il faut lui éviter toute émotion forte, et si j'ai bien compris ses explications quand je l'ai rencontré, ce serait pour des raisons électriques. Une trop forte charge sur la ligne de transmission pourrait provoquer une panne. Il avait esquissé un sourire satisfait, content, semble-t-il, de son humour vulgarisateur. J'avais évoqué le bonheur. Il avait rétorqué que dans ce domaine, celui de l'électricité, bonheur et douleur faisaient partie de la même famille. Voilà que disparaissait en quelques mots tout ce que les générations anciennes nous ont enseigné et qui dit que les gens heureux vivent mieux et plus longtemps que les gens malheureux. La science fait des progrès renversants. Papa est une centrale électrique.

Maman a transformé la salle de séjour en une sorte de panthéon de ses bonheurs et de ses succès, qui sont sa famille et ses enfants. Nous festoyons dans une sorte de chapelle peuplée de ses icônes adorées. Chacun de nous a droit à au moins une photo. Nous nous visitons nous-mêmes. Maman a choisi chaque photographie après un patient tri parmi les centaines qui dorment dans des albums ou des boîtes qu'elle dépoussière périodiquement. Aux places d'honneur, les photos de nos enfants. Les frères préférés de maman posent aussi à côté de sa mère et de son père. Richard au piano, l'atroce douleur de maman, l'enfant schizophrène qui jouait Bach de mémoire et qui a été notre souffre-douleur et qui a commencé à mourir le jour de sa naissance à cause de la bêtise hospitalière. S'il vivait encore, j'aurais onze mois de plus que lui. Nous avons fréquenté la même école durant deux ou trois ans et, quand on me demandait pourquoi il était si malingre, si peu habile au ballon ou à la patinoire et pourquoi il ne comprenait pas toujours les questions qu'on lui posait, je tentais de m'esquiver, puis je prononçais la condamnation fatale, mon frère était un bébé bleu, une sorte d'infirme du cœur qu'on avait privé d'oxygène à la naissance. Si on le bousculait, je n'allais pas à sa défense. Je ne voulais pas qu'il soit mon frère, tout comme je ne voulais pas, quand au supermarché je marchais derrière mon père habillé comme un pauvre hère, que mon père soit mon père. J'avais honte d'être le frère de mon frère et le fils de mon père. Je regarde la photo de Richard, qui esquisse un sourire timide de ses lèvres minces, et j'ai honte. Un jour, maman m'a expliqué que Richard était conscient de sa folie et que de le savoir constituait sa plus atroce douleur. C'est ce jour-là que la honte et le regret se sont installés en moi. J'aurais bien aimé être le héros qui protège le faible et le tolérant, le généreux qui accepte la différence. Mais pour être ainsi, il faut savoir qui on est et en être satisfait. Je me désespérais d'être le fils de papa et, en même temps, car elle était sa création, d'être membre de cette famille. Quand on se sent petit, on se réfugie facilement dans le mépris, qui est l'orgueil des faibles.

— Oui, mais, maman… dit une voix.

— Oui, mais, papa…

Je ne sais trop pourquoi j'insiste ainsi ce soir sur le bien-être et le bonheur de papa, car normalement nos conversations sur le bonheur de nos parents s'articulent autour de celui de maman, comme si le bonheur de papa s'était éteint à jamais avec le diagnostic. Cela s'explique : papa ne parle presque plus, et quand il le fait, il acquiesce comme pour nous faire plaisir après tant d'années à discuter, à regimber ou à gueuler. Nous ne savons rien de ses désirs, de sa vie, nous ne savons rien. *Nous l'inventons.* Maman ne nous cache rien. Ses indigestions, la qualité de ses excréments, ses pleurs, ses chutes, ses colères. Plus il vit, moins nous le connaissons. Nous sommes condamnés à spéculer sur l'être humain, ce qui est un exercice dangereux.

— Tu devrais parler à ton frère, il est malheureux. Il semble ailleurs.

Il est là, en retrait dans la cuisine.

Je le prends dans un coin. Ça va? Oui, je n'ai jamais été aussi bien de ma vie. Il hésite… J'ai une maîtresse, je suis amoureux comme un fou pour la première fois de ma vie. Mais je ne comprends pas, devant maman je suis gêné, comme si elle devinait que je trompe ma femme.

Nous avons toujours l'impression que maman devine tout.

Prends un verre de vin, Claude, et sois heureux, ce n'est pas ce que maman a imaginé. Elle te croit malheureux. Mais tu lui révéleras ton secret bientôt, car privés de je ne sais quoi, peut-être de père, nous nous sommes tous épanchés auprès de maman, lui avons confié les pires secrets et les plus honteuses faillites, avons réclamé son aide, sa compréhension, sa sollicitude, son argent, et quoi encore. C'est peut-être aussi pour cela qu'elle rapetisse. Avec nos femmes et les amants, les enfants et les maîtresses, ce sont cinquante vies que nous lui avons confiées.

Sur les murs de ce sanctuaire familial, seul le père n'a pas son ex-voto. Dans la pièce des fêtes, nous sommes tous des héros, sauf lui. Maman n'a pas entendu quand j'ai demandé pourquoi il n'y a aucune photo de papa sur le mur.

— Maintenant, est-ce qu'on peut donner les cadeaux?

C'est le fils de Julie la Tragédienne qui désespère sa mère parce qu'il n'obtient pas de bons résultats à l'école, mais qui m'émerveille par son don pour la repartie et son sens des responsabilités. Quand je lui parle de ses résultats scolaires, il fait la moue adolescente internationale, qui est une manière de transformer sa gêne en refus de l'émotion. Comme s'il consultait le même médecin que papa. Il s'appelle William, en l'honneur de Shakespeare. Il est planté dans la porte et nous regarde avec un sourire narquois et presque méprisant, comme si nous formions tous une bande de dégénérés.

Il a raison. Il sera bientôt onze heures et les enfants croient que manger, parler et boire ne résume pas toute la vie.

Le conseil de famille informel qui se tenait à l'autre bout de la table, enfin libéré du pénible travail d'organisation des vies qu'il tente de résoudre, s'exclame joyeusement. Oui! les cadeaux, venez les enfants ! Viens ici à côté de moi, murmure maman, personne ne l'entend. Elle sourit puis s'installe dans la béatitude des mères qui ne vivent que du bonheur de leurs enfants. À qui parlait-elle ? Et comme c'est la tradition depuis quelques années, William prend place devant l'énorme pile de cadeaux pour organiser la distribution. Fier de son coup, il exhibe une tuque rouge de père Noël et se la met sur la tête. Il fait eh oui, ho ! ho ! ho ! Il prend une première boîte au hasard et lit la petite carte.

— Grand-papa…

Son regard fait le tour de la pièce. J'entends un, il dort, un autre, on lui donnera demain, maman murmure, je dis, je vais lui apporter. Je ne pense pas qu'il soit endormi.

Papa regarde le plafond. J'entends en même temps que lui les éclats de rire, les cris de joie qui proviennent de la salle de séjour. Mille kilomètres l'éloignent de l'arbre de Noël dont il entend tous les plaisirs, dont aucun ne lui appartient.

— J'ai un cadeau pour toi.

— Ouais.

— Tu veux que je l'ouvre ?

— Non !… Donne…

C'était un ordre. Il n'a rien rajouté, mais je comprends. Comment ai-je pu ne pas prévoir sa réponse qui ressemble à je suis encore capable de défaire des rubans et de déchirer des papiers d'emballage, d'ouvrir un cadeau et de découvrir moi-même ce qu'on m'offre ? Je lui tends le paquet qui, de toute évidence, contient un livre. Il le pose sur son ventre et inspecte une autre partie du plafond. Il me le tend.

— J'ai pas… hum… mes lu… nettes.

Je déballe le cadeau.

On ne peut rien offrir d'intelligent à un mort vivant qui le satisfasse, sinon des médicaments opiacés ou une belle mort. Les premiers se trafiquent dans des lieux interdits, quant à une belle mort, ce n'est pas facile à arranger. Jean Coutu a beau fournir même un ami, voilà un produit essentiel dont il ne fait pas commerce. C'est un album, qui me semble magnifique, sur l'Égypte ancienne, une des passions de papa. Voilà le cadeau de quelqu'un qui l'imagine encore vivant, une sorte de salut à son passé d'autodidacte militant. Un bel hommage à cet homme sans culture scolaire qui nous a expliqué Ramsès et Toutankhamon et les secrets des pyramides et le mythe du Sphinx. Il ouvre le livre puis, en grognant, le referme.

— Trop petits…

Il semble si décontenancé, si triste. Et je ne comprends pas ce qu'il veut dire.

— Les… ca… ractères… trop petits…

— Maman m'a dit qu'il te fallait de nouvelles lunettes.

— Non… trop cher.

Papa ne prenait jamais soin de son corps, comme le disait l'expression de l'époque. Il ne faisait pas de sport, s'alimentait mal et, le soir, à partir de 1954, il s'endormait devant la télévision. Petit, j'avais l'impression qu'il était immortel parce qu'il ne croyait qu'aux maladies des autres. Celles des voisins ou des parents. Papa refusait l'existence de la maladie, ce qui explique probablement pourquoi il ne manifestait jamais d'inquiétude lors de nos otites, de nos rougeoles ou de nos simples douleurs d'enfant. Je ne l'ai jamais vu malade ou prétendant l'être. C'est ainsi qu'une de mes sœurs avait failli mourir parce qu'on n'appelle pas le médecin pour un vulgaire mal d'oreille. Maman s'était révoltée délicatement. Cela faisait une semaine que la petite hurlait. Le pus de l'otite n'était pas loin du cerveau, avait déclaré le médecin, scandalisé. Une grippe de-ci de-là, bien sûr, mais une pathologie sérieuse qui l'aurait diminué, cela était inconcevable, comme il ne peut pas neiger en été. Si jamais il a été malade, il l'a été secrètement. Pourtant il a sûrement été malade. Personne ne l'a su. Papa ne pouvait être malade publiquement, c'est ce que j'en conclus. Sa qualité d'homme lui interdisait la faiblesse, et voilà que c'est son état permanent et que son entourage en fait son principal sujet de conversation. Il est le seul de nous tous à ne jamais en parler.

— Grand-papa! crie le père Noël du fond de la salle de séjour.

— Je… veux plus… de ca… deaux. Sert à rien.

C'est bien ce que nous pensons plus ou moins secrètement depuis deux Noëls, en nous demandant chacun de notre côté comment lui offrir un présent qui ne soit pas en même temps une douleur. Certains se sont rabattus sur les vêtements qu'il trouve beaux et approuve de son sourire édenté qui ne le dérange plus, comme s'il était normal qu'il lui manque des dents. Force est d'admettre cependant qu'il les porte rarement, ces vêtements neufs, et que si maman ne lui en faisait pas le reproche régulièrement, il se contenterait jusqu'à sa mort d'un pantalon, d'une chemise, somme toute, d'un seul exemplaire de chaque vêtement.

William, dit Sam, père Noël de ce réveillon, entre dans le salon devenu chambre.

— Trop fort… ils parlent… trop fort…

Je déballe ce deuxième cadeau pendant qu'il affiche la plus totale indifférence.

Une chemise à carreaux, taillée dans un coton souple et doux. Sobre et provocante à la fois, comme les vêtements de papa quand je le fuyais de peur de me faire remarquer. Je m'explique. Avec ses bermudas et ses sandales, il faisait tache dans les allées du supermarché, mais les beiges, les brun doux, les roux qu'il affectionnait étaient beaucoup plus harmonieux, sobres comme je disais, que les cravates rouges sur les chemises jaunes que les autres parents normaux portaient ou encore que les pantalons à carreaux qui suivirent quelques années plus tard. Il me fallut donc plusieurs années de fréquentation des peintres célèbres et puis du beau monde pour comprendre que papa ne voulait pas provoquer, cela aurait été du domaine des couleurs et de la coupe avant-gardiste, mais qu'il s'habillait pour être à son aise, tout en ne souhaitant pas être remarqué. Et en écrivant ces mots, je me demande si papa savait qu'on le toisait avec mépris dans son accoutrement. Pourtant, l'orgueil le rongeait. Quel était son orgueil ? Celui de ceux qui veulent briller parmi leurs pareils, ou l'autre, la liberté d'être unique dans la foule, ou encore l'autre, celui du dominateur dont aucun geste ne justifie d'excuse ou d'explication ? Je crois qu'il incarnait l'orgueil de l'homme de sa génération. Je suis comme je suis. Point.

Il y a trois Noëls, papa aurait tout de suite enfilé cette chemise dont le motif et les couleurs correspondent parfaitement à ses goûts.

— Tu ne veux pas l'essayer, c'est le genre de chemise que tu aimais porter quand on allait en camping ?

Je parle du camping parce que c'est un des rares sujets qui l'émeuvent et réussissent parfois à le dérider et à faire en sorte qu'il articule quelques phrases complètes. Les champignons, les voyages ou les cailloux lui redonnent aussi un peu de mots. Cela ne fonctionne que dans des rencontres intimes, en l'absence de la clameur de nos fêtes familiales, mais puisque nous sommes seuls dans sa chambre et que la rumeur ambiante ne fait pas obstacle à une conversation, je tente ma chance. Il ne daigne même pas répondre et se retourne en grommelant.

C'est en lui tendant la chemise que je me suis souvenu que je n'avais jamais vu mon père embrasser ma mère. Dix enfants, pas un baiser, même lors de leur anniversaire de mariage. Papa, quand tu faisais mes frères et mes sœurs, as-tu embrassé maman ?

— Papa, la chemise, c'est un cadeau de… c'est le genre de chemise que tu aimais.

— Trois che… mises… j'ai trois… che… mises. Assez.

Si je parlais à un enfant, je lui dirais de cesser de bouder, qu'il n'est plus un bébé et qu'il va faire de la peine à tout le monde.

— Cesse de bouder, papa, t'es quand même pas un enfant.

Il ne dit rien. Il tourne la tête et regarde peut-être le piano. J'insiste. Papa. Il grogne. Nous sommes congédiés, Sam et moi.

Ce sont surtout des enfants maintenant qui reçoivent des cadeaux. Le jeune père Noël a compris qu'il vaut mieux ne pas se fier au hasard et risquer ainsi d'exacerber l'impatience des petits. Autour de la table, jonchée de desserts, de bouteilles de vin à moitié vides et de salades mouillées et fadasses dont personne ne veut pour le plus grand déplaisir de Lise, spécialiste des salades, papa, qui n'est pas là, monopolise encore l'attention. Depuis que la vie l'a totalement privé de pouvoir, il domine de nouveau. Comme un chêne antique organise le paysage. Les enfants parleraient d'un fantôme qui hante la maison.

Bouddhistes ou médicaux, nous avons un objectif commun. Comment nous assurer que nos parents vivent confortablement, paisiblement en attendant la mort. Voilà un objectif simple en apparence, un projet mobilisateur, comme disent les progressistes, qui nous réunit autant qu'il nous divise. William s'exaspère. Nous ne participons pas aux jeux de Noël. Une sœur s'excuse et fait semblant. Elle s'extasie devant une poupée moche.

Les médicaux s'abreuvent d'une science tranchante et pointue, ils possèdent des rapports circonstanciés, des analyses de laboratoire, des livres de cuisine spécifiquement conçus pour les cœurs qui se tapent aussi un parkinson rigide, des neurologues dont la Mercedes prouve la compétence incontestable. À cette science, les bouddhistes, dont je suis (mais seulement dans le cas de mon père), ne trouvent rien à répondre qui provienne d'une autre science aussi solide et bien assise que la leur. Nous cherchons désespérément des pistes. Nous sommes perdus. Sans argument, sinon celui du cœur, ou peut-être de la sensiblerie. Notre affection ou notre compassion ne nous rendent pas plus humains, plus généreux. Nous nous demandons si le bonheur de l'un ne ferait pas le bonheur de l'autre. Nous refusons tout simplement que le début de la mort soit la fin de la vie. Les médicaux, qui ont autant de cœur que les bouddhistes, nous opposent mille petites tragédies bêtement concrètes, qui toutes sont perçues comme des tragédies de maman. Les médicaux ne craignent pas de choisir entre les futurs morts et les vivants. En même temps, ils n'hésitent pas à imposer la vie à ceux qui sont déjà dans la mort.

Les médicaux ont choisi maman. Ils ont choisi de préserver la vie puisque maman est de nos parents la plus éloignée de la mort. Papa doit donc mourir poliment et silencieusement pour ne pas blesser maman.

Oui, je comprends l'angoisse de maman, quand elle voit cet infirme, prétentieux et audacieux comme un adolescent qui a fumé un joint, sortir pour aller prendre l'air et marcher sur un trottoir glacé sur lequel il s'écroule après quelques pas. Elle regarde, désespérée, de la fenêtre ces membres disjoints qui tentent de refaire un corps. Elle regarde ce corps qui s'abandonne au trottoir glacé et qui ne bouge plus. C'est ce qu'elle voit de sa fenêtre. Je n'invente pas. Elle me l'a raconté. Seule, elle ne peut pas le redresser, elle lui frotte le dos pour le réchauffer, l'encourage. Il lui faut attendre un passant ou sonner chez le voisin pour remettre sur ses pattes cette imitation de son ancien mari. Ou encore, je comprends sa lassitude, son ras-le-bol, quand elle le voit s'escrimer, gueuler, et surtout se décourager en tentant de concilier des relevés bancaires ou des factures qu'il arrive de moins en moins à comprendre, mais qu'il prétend toujours administrer. Lors de mon anniversaire, cet été, il m'a remis un chèque de vingt-cinq dollars que je n'ai pas encaissé. Il avait tout noté, les factures d'électricité et de gaz, celles du téléphone et du câble. Vingt-cinq dollars de trop, fruit du labyrinthe bancaire. Après avoir calculé, vérifié, revérifié dix fois, il s'est mis à se frapper le front de ses deux poings. Le lendemain matin, maman s'était rendue sans lui dire à la banque et avait retiré vingt-cinq dollars du compte de papa. Ils avaient convenu que les banques méprisaient de plus en plus leurs clients.

Que pense cet homme quand on lui dit qu'il est dangereux pour lui de laver la vaisselle ?

Je tente calmement de convaincre maman qui sourit de chaque cri de joie provoqué par un cadeau et qui interrompt la conversation parce qu'elle veut le voir, je tente de lui dire qu'elle devrait abandonner sa lutte qui la mine pour faire vivre papa un peu plus. Bien sûr, ce ne sont pas ces mots que je prononce. Je ne dis pas il va mourir et laissons-le mourir en paix, phrase ridicule, cliché faussement charitable. Je ne parle même pas de la mort, je ne prononce pas le mot. Je lui parle de plaisir. Même plantés dans le jardin de la mort imminente, les Occidentaux ne l'évoquent à peu près jamais, du moins pour les proches. Je lui parle bacon et fromage, saucisse et foie de veau. Une fois de temps en temps, ça lui ferait plaisir. Un autre cadeau est déballé qui lui fait un sourire instantané. L'enfant piaffe de joie. Toutes les bouteilles de vin sont vides. Je me lève pour aller en chercher une autre à la cuisine et je vois papa dans le cadre de la porte avec le même sourire extasié que le petit de six ans qui a reçu ce robot machin qu'il réclame depuis des mois. Il a enfilé la chemise à carreaux par-dessus l'épais chandail vert qu'il portait. Il est fier de lui. Il rayonne, heureux de ce petit exploit et de la surprise qu'il va produire.

— Papa, pourquoi tu t'es levé? Tu devrais retourner te coucher.

— Papa, pourquoi t'as mis cette chemise par-dessus ce chandail? Vraiment, ça ne va pas. Ce serait mieux avec ta veste…

— Papa, veux-tu t'asseoir? Tu as l'air fatigué.

Un autre cri d'enfant. Les têtes se tournent vers lui. Papa retourne dans sa chambre. Dans la cuisine, j'hésite entre la bouteille de vin et mon père que je sais déçu. Je regarde l'étiquette. Elle ne me dit rien. J'ai soif.

Je suis certain que papa pleure. J'ai soixante ans, mais j'ai peur de voir papa pleurer. Il marche silencieusement vers son lit. Est-ce que Duplessis ou Staline pleuraient ? Je n'irai pas dans sa chambre même si je sais que je devrais le faire. Je ne veux pas voir pleurer cet homme que je n'aime pas et dont la déchéance m'émeut.

Je verse beaucoup de vin dans mon verre. Lise, qui fait partie du clan médical, dit en blaguant que moi aussi je veux mourir comme papa qui n'obéit à aucune consigne, que je bois trop, fume trop et le bacon et le gras d'oie et toutes les exagérations de la bouche ainsi que celles de la nuit.

— Au moins, ça sera une belle mort, mourir de plaisir…

— T'es con.

Dans l'équation que nous tentons généreusement et maladroitement de résoudre, la mort de papa constitue la solution mathématique idéale. Elle résout l'inégalité fondamentale qui régit les rapports autour de la table. Papa est cette inconnue qui complique tous nos calculs algébriques. Comment mesurer, établir des rapports équitables entre papa qui grossit en mourant et maman qui rapetisse en vivant la mort de papa ? Comment s'assurer qu'ils vivent dans une égalité de bonheur ? Comment inventer une sorte de jeu à somme nulle dans lequel personne ne perd ? Papa mort, nous pleurerons un peu, si peu, parce que nous l'attendons et même l'espérons tous cette mort que nous évoquons timidement comme un avenir encore lointain. Nous pourrons ainsi passer à l'équation suivante. Maman. Les médicaux se consacreront à la longue survie de maman, pendant que les bouddhistes tenteront de l'entraîner dans une fin joyeuse. Dans le cas d'une personne seule, ces deux approches en apparence contradictoires peuvent se conjuguer plus facilement.

La conclusion s'impose. Tellement simple et évidente. Pour le bien de tout le monde, y compris le sien, papa doit mourir.

J'ignore si je dérive, privé de gouvernail, ou si j'ai trop bu ou si je veux vraiment la mort de papa. Je ne supporte plus de voir pleurer cet homme que je connais et qui est aussi mon père. Le père humilié par la maladie et qui pleure, c'est l'homme dénudé, ce n'est plus le père, seulement un homme parmi les hommes. Et un homme nu, ça me gêne. Imaginez un père nu qui pleure. Je le préférais quand il provoquait chez moi la colère ou le rejet, voire la haine. Ce n'est quand même pas une raison pour le tuer. Je me perds dans le vin de mes contradictions.

Enfant, j'aurais tellement voulu qu'il pleure et qu'il baisse la tête, qu'il plie sous l'humiliation comme je le faisais sous les ordres et les condamnations, sans parler des fessées et des insultes. J'aurais tellement souhaité qu'il soit normal, comme moi, fier ou honteux, peu importe, mais démonstratif. Pourtant, il était fier de moi et de mes succès scolaires, puis de ma petite réussite au théâtre qui gonflait son orgueil, mais jamais il ne l'a dit. C'est maman qui raconte maintenant la fierté qu'il entretenait et qu'il approuve en balbutiant des débuts de félicitations rétroactives, qui s'éteignent brutalement parce que les neurones n'ont pas communiqué entre eux. Puisque j'étais son fils, mes triomphes étaient normaux, comme si, avant qu'on ne découvre l'ADN et le génome, il avait échafaudé sa propre théorie de l'hérédité, théorie qui ne s'appliquait, semble-t-il, qu'au succès, car lorsqu'il parlait de mon frère malade, il disait toujours à maman « ton fils », et refusait de venir au théâtre quand la critique m'esquintait.

Pourquoi ai-je évoqué Staline ? Parce que j'ai découvert la sourde menace quotidienne de la dictature en même temps que Staline apparaissait à la télévision. Ils avaient le même sourire, papa et le « petit père de la nation soviétique ». Une image neigeuse en gris et blanc, avant que la télé ne puisse transmettre un noir franc : Staline dépasse d'une tête tous les autres sbires alignés qui se font des airs martiaux et sévères sous leurs chapeaux noirs. Lui sourit sous sa moustache drue. Un sourire chaleureux, engageant, confiant. Il contemple la place Rouge qui dégorge des bataillons serrés et symétriques, comme s'ils sortaient d'une chaîne de montage. Les soldats de plomb du petit père marchent au même rythme mécanique, avec une précision de chronomètre. Staline agite légèrement en forme de salut une main lourde qui aurait pu fracasser un crâne. De loin, il caresse distraitement la tête de tous ses enfants. Je ne me souviens pas que papa m'ait jamais caressé la tête ou une main ou pris l'épaule chaleureusement. Après le défilé, Staline retourne dans ses appartements du Kremlin auprès de sa famille respectueuse et modèle. Les enfants attendent un signe mal défini qui leur indiquera qu'il est maintenant permis de rire, de jouer ou de courir. Il en était ainsi chez nous autour de la table ou encore quand l'arrivée de papa interrompait nos jeux. Toute activité cessait dans l'attente du reproche qui nous mènerait dans nos chambres ou du silence du père qui permettait que notre vie continue.

Une médicale me demande où est papa. Je lui réponds un peu brusquement, car sa curiosité, qui n'est que de l'inquiétude clinique, m'exaspère. Isabelle me presse le bras, signe que j'ai outrepassé les limites de la civilité.

J'ai soif. Je tends la main vers une bouteille de vin. Bernard a crié en voyant mon bras hésitant s'avancer et il a blasphémé quand j'ai renversé le précieux cru. J'ai ri timidement comme pour m'excuser sans vouloir avouer que j'avais commis un impair. Je me suis senti un peu comme papa. Dépourvu de contrôle, mais orgueilleux quand même.

— Tu réagis comme papa quand il fait une connerie.

Comme papa ? Voilà bien la seule comparaison que je n'aie jamais supportée. J'ai déjà expliqué à maman que ma femme m'avait quitté parce que je me comportais comme papa. C'était en partie vrai, mais surtout pas très respectueux pour maman de lui larguer un fardeau si lourd sur les épaules. Dire à sa mère qu'on est malheureux parce qu'on ressemble à son mari, c'est de la bêtise absolue. Je me souviens du « t'exagères » puis du silence et de la tonalité du téléphone. Elle avait raccroché.

— Eh oui… comme papa, Bernard, un dégât…

Et j'en remets un peu. J'aime bien faire marcher Bernard ou plutôt le mettre face à l'absurdité magnifique de la vie qu'il tente maladroitement de transcrire en équations. Je suis vieux, et cela fait partie de la vieillesse comme de l'enfance que de faire des dégâts, de trop manger de glace quand on est petit et de trop boire soixante ans plus tard. Faut-il dès lors interdire la glace aux enfants et le vin aux séniles? Bernard fulmine et Lise aussi, qui prend son parti. Selon eux, je suis un irresponsable, si je veux gâcher ma vieillesse, c'est tant pis pour moi et pour cette pauvre Isabelle, qui se retrouvera dans quelques années à essuyer mes lèvres qui dégoulineront de vin, de gras et de sauce. Ils ne l'ont pas dit dans ces mots, mais c'est bien ce que j'entends. Maman, qui refuse d'être prise à témoin, lance: « Qu'est-ce que vous pensez de la campagne électorale? »

En 1956, papa vendait des automobiles. Nous n'avions encore gravi aucun échelon dans l'échelle sociale, mais nous ne buvions plus de lait en poudre, le dimanche nous mangions du roast-beef et, tous les jours de la semaine, papa portait un complet-veston. Le samedi cependant, pour faire les courses, il s'attifait toujours comme un pauvre bougre. On ne change pas vraiment les hommes. Le mobilier de salon était neuf. Il était plus confortable, mais il nous était interdit de nous y asseoir, sauf quand il y avait de la visite. Sur les murs, des reproductions de grands peintres que je ne connaissais pas s'harmonisaient avec la teinte des tissus des sofas et de la moquette. Nous avions la télévision.

Sauf donc le samedi, quand papa traînait bruyamment ses vieilles sandales dans les allées du supermarché, nous formions une famille respectable. Je fréquentais le collège, maman portait de jolis chapeaux le dimanche, les fleurs et les arbustes que papa avait plantés faisaient l'envie des voisins qui s'étaient contentés de la pelouse bien verte et tondue bien ras. Papa savait tout cela, il mesurait l'envie des autres, il accumulait des points comme dans un jeu, mais ne le faisait jamais discrètement. Il nous révélait ses victoires et ses avancées, le pommier qui fleurissait généreusement, ce client qui n'avait pas les moyens mais qui avait acheté quand même. Il interpellait le voisin anglophone pour lui démontrer la supériorité de l'engrais qu'il employait. Timide, celui-ci, qui était plutôt biologique avant l'heure, acquiesçait. Nous constations, sans trop comprendre, l'importance de ses réussites. Il triomphait. Pendant ce temps, je rapportais chaque mois du collège des 100 % dans toutes les matières, qui suscitaient des extases chez maman et des silences chez papa. Comme j'étais son fils, je ne pouvais être que premier de classe. Je n'avais de mérite, semble-t-il, que celui d'être le fils de mon père.

— De toute manière, tu t'es toujours foutu de papa et de la famille. De la minute que t'es devenu un comédien un peu connu... Alors, tes leçons, maintenant, on peut s'en passer.
— C'est pas des leçons, Bernard... c'est des sentiments.

Isabelle presse de nouveau mon bras. Elle a, dans ces situations, plus d'intelligence et de sensibilité que moi. Je suis un peu comme les Américains. Je fonce dans le tas et constate les dégâts après. Isabelle est plutôt africaine, elle n'entend pas ce qu'il ne faut pas entendre. Elle contemple le lac, et ce n'est pas le caillou qui fait des ronds dans l'eau qui va détruire le lac. Il sombre dans la vase, qui est la mémoire du lac. Elle a raison. Faire comme maman qui repose sa question sur la campagne électorale et qui m'interroge sur mon dernier séjour en France en jetant un regard inquiet en direction de Bernard, qui pourrait profiter d'un silence pour relancer la discussion paternelle. Faire comme maman, fuir gentiment. Je me lève. Un autre cadeau s'annonce. Un bébé pleure.

Il est à moitié nu sur le couvre-pied. Il a enlevé sa chemise et sa camisole, déboutonné son pantalon qu'il a retiré à moitié. Il respire lourdement. Il s'enfouit la tête dans l'oreiller lorsqu'il me voit. Rien de plus triste et dégoûtant qu'un vieux corps à l'abandon qui ne dissimule plus les secrets de sa déchéance. Rien surtout de plus pitoyable. Comment fait-elle, cette Haïtienne joviale qui, une fois par semaine, vient lui donner son bain? Et comment fait-elle pour en laver vingt comme lui chaque semaine?

Je devrais le déshabiller et l'installer dans son lit pour qu'il soit à son aise. Voilà ce qu'ordonne l'amour filial que je n'ai pas. Il n'en est pas question. Je devrais couvrir le haut de son corps, enlever au moins ses souliers, je devrais le dissimuler, non pas pour lui, ni pour personne, juste pour moi. Pour ne plus voir le corps flasque de mon père, affalé sur sa couche comme une poupée hideuse. Et lui, qui est vaguement raciste, comment fait-il pour se laisser manipuler, savonner, rincer par ces pattes noires et dodues qui se promènent sur son corps? Comment peut-il supporter ce regard étranger? Que pense-t-il quand elle lui lave les oreilles? Comment cache-t-il son sexe? Est-il complètement nu dans la baignoire? Je n'ose pas imaginer la scène. Non seulement le peu de nudité que je discerne dans la pénombre me trouble, mais elle me paraît indécente. Son veston traîne sur un fauteuil. Je le prends presque du bout des doigts et en couvre papa en prenant soin de ne pas effleurer son torse nu.

Il s'endormira peut-être.

Dans la salle de séjour, les enfants comparent leurs cadeaux, et les adultes sont tombés dans le piège de maman. Ils s'escriment à propos de la campagne électorale. Maman ne suit pas la conversation vraiment, mais elle sait qu'une discussion sur la politique ne peut provoquer que de petits drames. Elle me demande ce que fait papa. Il dort. Elle esquisse un sourire entendu comme pour dire, c'est normal, il a tellement mangé et tellement bu. Et puis cela la soulage de savoir qu'il dort. Cela l'éloigne.

— Et toi, qu'en penses-tu, de la campagne électorale?

— Tu sais bien, maman, que je ne m'intéresse pas à la politique.

Venise-en-Québec, village pour villégiateurs pauvres sur la baie Missisquoi. D'ici, on voit les États-Unis et on devine la richesse. J'ai treize ans, mais je sais que Venise est une ville d'Italie traversée par des canaux et qu'elle était gouvernée par des doges qui portaient de curieux chapeaux coniques. J'ai vu, dans l'*Encyclopédie Grolier,* la photographie de la place Saint-Marc, la cathédrale et surtout les pigeons qui planent au-dessus des touristes. Je me souviens d'avoir imaginé les dégâts des fientes sur toutes ces personnes si bien vêtues. Mes parents sont de plus en plus perplexes. Je suis un adolescent qui pense au bombardement de fientes, mais ce n'est qu'en passant, puis je me concentre sur la cathédrale, son histoire, celle de la république, ce qui n'est pas vraiment de mon âge. Je décèle un mélange de fierté pour les succès scolaires et d'effroi, surtout chez ma mère quand, durant un repas, papa exprime une opinion que je conteste. Je crois que j'avais proclamé que Venise pratiquait une démocratie plus avancée que celle du Québec.

J'ai treize ans, nous sommes en 1956. Je suis le seul du quartier qui fréquente le collège.

Je ne sais trop pourquoi papa m'a invité à l'accompagner à la pêche à l'anguille en ce jour d'élection. Il est allé voter pour Duplessis, parce que Duplessis va gagner et qu'il n'est pas un intellectuel, comme Lapalme, qui aime les Français et lit des livres. Duplessis aime le Québec. Moi, je lis compulsivement, opiniâtrement, même quand je ne comprends pas, je lis des livres qui ont tous été écrits par des Français. Je lis surtout du théâtre, tout Molière, Racine et Corneille, bien sûr, mais je suis déjà rendu à Ionesco, et des poètes, Prévert, Aragon et surtout Éluard. Je ne suis pas dans le camp de papa et de Duplessis. Ce sera le seul jugement politique que je porterai dans ma vie.

Le lac Champlain est houleux, le ciel gris promet la pluie qui ne dérangera pas papa, qui défie toujours les éléments, comme le dit le cliché. La Venise du Québec fait honte à son nom. Des cabanes recouvertes de bardeaux d'amiante que leurs propriétaires appellent des chalets, quelques snack-bars, des taches roses, vertes qui sont autant de maisonnettes parmi les arbres, des musiques populaires qui fusent de partout, somme toute, un tourbillon de bruits et de couleurs et de formes, une sorte de désordre laid et assourdissant. Je pense à la Venise de l'encyclopédie. Papa trouve totalement idiot que je me surprenne de cette absence de parenté et d'identité entre les deux Venise, et il m'ordonne de parler moins fort. J'effraie les poissons.

Je n'ai jamais vu une anguille, sinon en photo dans

l'encyclopédie. Avant que nous partions, maman a annoncé, avec un air de défi, qu'il n'était pas question qu'elle apprête les anguilles. Chez nous, papa pêche, maman nettoie les poissons et, évidemment, les cuisine, sauf la truite quand nous sommes en camping. Pour ce qui est des barbotes à la peau dure comme du cuir, des perchaudes avec leur dorsale épineuse, des dorés et des brochets pleins d'arêtes, c'est maman qui peine pendant que papa lit le journal et qui se plaint pendant le repas quand une arête se plante dans sa gencive.

Ma ligne se tend soudain, ce qui provoque toujours chez moi un début d'effroi, qui de toute évidence réjouit papa. Et puis, je me souviens du doré volé. Il ne comprend pas que je n'ai pas peur du poisson, mais bien de l'engueulade et de la leçon qui suivront si je le ferre mal et qu'il s'échappe après avoir bouffé l'appât, ultime humiliation. Il me regarde, souriant comme Staline, débonnaire comme Duplessis, me débattre avec ma ligne et le moulinet que je rembobine maladroitement. Il rit comme on se réjouit des maladresses d'un chaton rendu fou par une pelote de laine. Ce n'est pas un rire chaleureux, mais une réaction de spectateur cruel. Je sens qu'il attend l'échec, comme toujours, pour pouvoir montrer, démontrer, enseigner, dominer. Ce n'est pas une grosse anguille que je tire de l'eau et laisse tomber au bout du filin dans la chaloupe. Elle se tord comme le serpent qu'elle est et, de sa queue qui cogne sur le fond de la chaloupe, fait des bruits qui me semblent épouvantables, car ils pourraient effrayer les autres poissons.

— Tu vas faire peur aux poissons, décroche-la.

Il ne rit plus déjà. Je saisis cette chose gluante près de la tête et elle s'entortille autour de mon bras. Je la dégage de l'autre main, elle change de bras. Je panique. Papa, excédé, prend l'anguille par la queue et après un grand cercle l'assomme sur un des bancs de l'embarcation. Puis, satisfait, il arrache l'hameçon en un tour de main. Aussi simple que cela, mon garçon. Tu seras capable quand tu seras un homme. Il ne l'a pas dit, mais je l'ai entendu dans ses yeux qui me toisent avec condescendance. Je remets ma ligne à l'eau sans appât. Dans l'heure qui suivra, papa assommera cinq ou six anguilles, en soulignant chaque fois que c'est comme ça qu'on fait. Parfois, je pense que c'est à ce moment précis que j'aurais dû lui dire : « Papa, tes cailloux, tes pyramides, tes anguilles, ça ne m'intéresse pas. » Je n'ai rien dit et je pense avoir bien fait. Il n'aurait pu comprendre qu'on ne veuille pas devenir un homme comme lui.

Puisque la campagne électorale ne semble pas faire consensus, maman se replie sur la cuisine pour ramener la paix ou plutôt une conversation ordonnée, sans éclat et linéaire qu'elle pourrait suivre. Elle parle de poisson fumé. Le saumon qu'elle aime bien, encore que parfois il soit trop salé, la truite qui est plus sèche mais moins chère, le maquereau dont le goût est trop prononcé, le hareng coriace. Nous écoutons, approuvons de la tête sans trop savoir pourquoi, et je lui demande si elle se souvient des anguilles.

— Votre père adorait l'anguille.

Elle affiche maintenant un sourire d'ange, si léger et radieux en même temps, le sourire du souvenir, presque un sourire d'enfant devant l'arbre de Noël qui s'illumine comme par magie. Maman a de plus en plus de souvenirs. Nous les connaissons presque tous. Ils parlent d'une famille unie, cultivée, d'un père héroïque, d'un grand-père mythique, de cousins qui fréquentaient les livres les plus érudits, de jardins intelligents dans lesquels les rosiers formaient presque des mots tellement leur agencement était savant. Quand maman évoque un souvenir de famille, papa se renferme, pousse un soupir, grogne parfois. Avant, quand il pouvait parler, il lui rappelait sèchement que tout le monde était au courant. On devinait que papa reprochait à maman d'avoir une famille. La sienne n'existait pas dans nos souvenirs ni dans les siens. Ce n'était pas de la honte, mais il en était ainsi. Le silence valait mieux parce que sa famille ne méritait pas plus.

Elle redemande avec une fausse timidité un peu de vin en ajoutant qu'elle a déjà trop bu.

— Et toi, les anguilles ?

— Moi aussi, j'adorais l'anguille, mais dans le temps on ne la fumait pas comme maintenant, on la préparait en gibelotte.

Maman, maman, pourquoi avec ton sourire d'ange me mens-tu ?

Nous nous étions arrêtés sur l'accotement de la route pour manger. Quelques sandwichs et du coca.

Papa avait laissé le contact pour écouter les résultats des élections à la radio, résultats qui tardaient à venir. Je me suis endormi, fatigué du blabla de l'annonceur qui n'avait rien à annoncer et surtout, je crois, pour me soustraire aux sarcasmes appuyés de papa sur mes exploits de pêcheur d'anguille. Aujourd'hui encore, quand il parvient à souligner une faute, une erreur, le même sourire apparaît. La Chrysler bleu et blanc roulait dans les rues de Montréal quand papa me réveilla en annonçant triomphalement que le petit père du peuple québécois avait été réélu. Dans l'histoire de la société québécoise, ce moment a un poids, un sens. J'imagine maintenant que des dizaines, des centaines de milliers de personnes ont triomphé comme mon père en même temps que le député de Trois-Rivières, comme autant de membres d'une famille se réjouissent du bonheur du père, de son succès et de sa future sollicitude pour ses enfants. Je m'en foutais royalement. Je n'avais décidément pas le sens de la famille.

Je me souviens seulement du regard résigné de maman quand papa a déposé sur la table de la cuisine six anguilles gluantes qui faisaient comme une Gorgone. Une horreur. Il n'a pas dit bonsoir à maman, inquiète de notre retard, et bien sûr n'a pas vu les yeux dégoûtés et las qui contemplaient les serpents et le sang qui coulait de leur bouche déchirée sur la surface blanche de la table en formica.

— C'est mieux de les arranger pendant qu'elles sont fraîches. On les mangera demain.

Et il s'est installé devant la télévision pour

apprendre les derniers résultats de l'élection. Maman m'a dit de laisser mes vêtements à la porte de la chambre parce que je sentais le poisson, moi qui n'en avais pris qu'un. Elle m'a ordonné de prendre une douche ou un bain, comme si cela allait me purifier. Papa, de la salle de séjour, commentait à haute voix les résultats et demanda un thé. Lui, il puait pour de vrai, car il aimait le contact physique avec la bête qu'il achevait. La plupart des gens, quand ils veulent décrocher un hameçon de la gueule d'un poisson, tiennent celui-ci d'une main près de la tête ou encore, quand la bête est trop rétive ou trop fuyante, comme l'anguille, ils l'immobilisent sous le pied au fond de la chaloupe. Papa, même quand il avait assommé le poisson, le déposait sur ses cuisses ou le pressait sur son torse comme s'il voulait dire au poisson, non seulement je t'ai attrapé, mais je te possède, je te contrôle totalement et tu meurs dans mes bras. Qu'est-ce qui fascine l'homme dans la violence ? Est-ce sa propre force ou la preuve de la faiblesse de l'autre ? Quel plaisir tire un enfant de la grenouille qu'il démembre, du chat qu'il torture ? Serait-ce une manière de prendre sa place dans le monde quand on ne peut comprendre ni la grenouille ni le chat ? Ni la femme ni les enfants ?

— Tu te souviens des anguilles, maman ?
— Ah oui, ton père aimait ça beaucoup.
— Et toi ?
— Moi aussi, mais je n'aimais pas les arranger.
— Mais tu le faisais.

— Ça faisait plaisir à ton père que je les arrange. Heureusement qu'il m'avait montré comment faire. Lui, il faisait ça en un tour de main. C'est bon les anguilles.

Une médicale a sursauté au mot anguille. C'est ainsi que les conversations se développent chez nous. À partir d'un mot qui flotte entre les assiettes débordantes, qui traverse trois autres conversations et qui tombe dans une oreille qui veut parler.

— Non, il n'en est pas question, l'anguille c'est trop gras. Comme le saumon. Papa ne peut pas manger d'anguille. De la sole ou du rouget peut-être, mais grillé ou sauté dans une huile d'olive vierge de première pression et surtout pas dans ces huiles grecques dont on ne connaît pas vraiment la provenance. Un jour, en Grèce…

Oui, un jour, en Grèce, elle ne s'est pas fait baiser et a écouté un vieux radoteux lui parler d'huile d'olive durant des heures.

Maman n'écoute plus, elle déplace des couverts, repousse une assiette, fait oui de la tête. Quand je tente d'interrompre le monologue sur la cuisine grecque, je crois que nous sommes rendus à Santorin, où il n'y a pas d'anguilles, mais des bleus divins, des maisons blanches comme sur les cartes postales, et des calmars frits, que papa ne peut pas manger mais qui sont si tendres et si croustillants, comme des chips de mer. Cette femme, quand elle parle de nourriture, n'est plus une banquière sage et solide, c'est une vieille frustrée. Si elle avait baisé en Grèce, elle ne nous ferait pas chier. Un enfant pousse un cri de joie. Des adultes s'esclaffent.

Le père Noël ado traîne comme une âme en peine. Les plus jeunes sont à leurs jeux, les adultes à leurs conversations. Il veut grignoter et fait le tour de la table. Il n'est pas très dessert, n'aime pas le fromage ni les salades mouillées. Un verre de bière a été abandonné. La bière lui est interdite, mais il en consomme avec un plaisir perplexe depuis près de trois mois. Il prend une gorgée et l'amertume lui fait penser aux chips qui rendent l'absorption de ce liquide initiatique moins désagréable.

— Grand-maman, as-tu des chips?

Maman fait semblant qu'elle n'a rien entendu, mais la Banquière abandonne instantanément la feta dont elle faisait l'éloge, une feta de la Thessalonique, juste assez spongieuse, encore laiteuse et meilleure si elle marine durant quelques heures dans une huile extra-vierge de Kalamata. Idéal sur un pita de blé entier grillé légèrement. Le pain grec est trop farineux. Personne ici ne connaît la vraie feta, mais, maman, si tu en trouves, c'est trop gras pour papa, cache-la.

— Vous, les jeunes, vous ne réfléchissez pas avant de parler. Des chips, des chips, c'est interdit dans la maison. C'est dangereux pour ton grand-père. Ça pourrait le tuer.

Je ne dis mot. Maman esquisse un sourire gêné et détourne la tête. William, dit Sam, ne bronche pas comme si la Banquière, en mauvaise joueuse, avait avancé un pion incertain et inutile. Il réplique avec une attaque prudente et résolue, genre cavalier. Il ajoute calmement que non, non, il ne veut pas tuer son grand-père et que celui-ci adore les chips. Et que ce n'est pas un peu de plaisir composé de pommes de terre, d'huile et de sel qui l'achèvera. Maman le regarde et sourit. Et il poursuit. Grand-papa meurt de vieillesse parce qu'il est très vieux. Puis il corrige. Plus vieux que grand-maman. Elle sourit de nouveau et je crois qu'elle est émue par le mystère de l'adolescence. Car voilà bien la période la plus incompréhensible de la vie de leurs enfants pour les adultes.

Les adolescents ne sont que des enfants âgés à qui on accorde des libertés de jeunes adultes pour éviter de les affronter et de leur rappeler qu'ils sont encore des enfants. On ne peut, par exemple, imaginer qu'un ado soit fasciné par la mort, qu'il y rêve et qu'elle l'obsède. Pour éviter de les accompagner dans leur anarchique découverte de la vie, pour éluder le permanent pourquoi qu'ils nous renvoient, nous leur concédons avant terme un statut d'adulte jusqu'à tant qu'ils commettent une énorme bêtise. Incertains de nous-mêmes à propos du monde, nous préférons croire qu'ils savent tout ce que nous ignorons et cela nous évite le dur devoir d'apprendre, d'expliquer et d'interdire. Interdire, quelle tâche horrible pour les parents d'aujourd'hui.

Staline et papa étaient de véritables parents. Ils connaissaient toutes les réponses et savaient que l'enfant doit demeurer enfant le plus longtemps possible. Soumis et obéissants, les enfants sautent l'adolescence, période trouble, deviennent adultes sans trop le savoir et font de bons citoyens. C'est l'adolescence qui fait les hommes.

L'ado relève la tête et dit simplement :

— Je reviens, ma tante.

Quelques secondes plus tard, il est de retour et brandit deux sacs de chips, barbecue et nature.

— Je suis le pusher de chips de grand-papa. Quand je viens le voir, je lui en apporte chaque fois. Il les cache sous son lit.

La Banquière blêmit et frôle, c'est évident, la crise d'apoplexie. Maman dissimule un sourire. Sam paraît plutôt fier de sa repartie.

— Respire par le nez, ma tante.

Il rit franchement, comme libéré d'un poids. Elle ne parvient pas à construire une phrase, elle qui en un tour de main organise un virement de dizaines de millions de Montréal à Zurich, de Zurich aux îles Caïmans avec passage Internet rapide à Panamá et retour dans les vieux pays au Luxembourg. Finalement elle organise ses pensées.

— Tu veux le tuer, ton grand-père !

— Non, je l'aime autant que toi et j'essaie de lui faire plaisir. Shit, tu comprends jamais rien. T'es plus vieille que grand-papa.

La Banquière fronce les sourcils et maman dit à Sam que ce n'est rien et que de toute manière elle savait puisqu'ils n'avaient pas trouvé de cachette plus intelligente que le dessous du lit. Sam rayonne. Ma sœur s'étouffe.

— Toi aussi, maman !

— Écoute, ma fille. Oui, je sais tout car c'est encore moi qui fais le ménage ici et qui fais les courses. Parfois, pendant que mon mari dort, je vide la moitié d'un sac de chips dans la poubelle. Je lui laisse ses petits trésors, ses secrets intimes puisque ce sont ses derniers. Et j'aime bien que William me mente pour faire plaisir à son grand-père.

La Banquière, décontenancée, parle du sens des responsabilités qui semble aussi manquer à maman. Il faut se retenir parfois de faire plaisir même si cela est ardu, et elle-même il y a deux jours, alors qu'elle mangeait une gargantuesque choucroute au Berlin, tu devrais y aller, maman, elle avait pensé à papa qui aimait tellement la saucisse, le jambonneau et le lard fumé. Mais pas un seul instant elle n'avait songé à conserver la demi-portion qu'elle n'avait pu manger pour la lui apporter. Il faut protéger les gens contre eux-mêmes dans certains cas. Le père Noël, hésitant, demande ce qu'il doit faire quand papa lui réclame des chips. Non, ordonne la Banquière. Je lui dis d'en apporter quand même. Maman lui suggère de ne jamais dire non mais d'oublier parfois.

Du choix que fera cet enfant entre maman, ma sœur et moi dépendront de grands pans de sa vie, des décisions dont il se demandera rendu vieux pourquoi il les a prises. Tout cela pour des chips qu'il apporte à un vieux qui meurt trop lentement. Nourri d'interdictions, j'ai construit ma vie autour de la transgression. Je sais bien que le vin m'égare un peu et me ramène à moi, mais je suis la seule mesure pour moi de l'avenir de Sam que j'aime. Je ne peux l'imaginer qu'à partir de moi. Alors je pense à ce père Noël qui ne distribue plus de cadeaux et qui a conservé sa tuque, lui qui n'aime que les casquettes. Trois chemins s'ouvrent devant lui proposés par trois adultes qu'il respecte. Ce n'est pas rien, ce dilemme, pour lui, car il met en jeu le bonheur et la mort. Nous, les adultes, parlons de la mort ou du plaisir avec détachement, avec une certaine distanciation, pour employer un terme de théâtre, qui nous octroie la liberté de parler des concepts plutôt que de nos véritables angoisses. Ce n'est pas le cas de l'enfant. Il vit dans le concret, ne connaît que l'immédiat. Les mots ne possèdent pas de sens caché, ils sont pleins et ronds et parfaits comme des billes. Pour l'enfant, les mots sont des bombes à fragmentation. Ils explosent. Sam découvre que l'affection pourrait tuer et que la sévérité pourrait protéger, que vivre n'est pas la recherche du bonheur et qu'il faut peut-être vivre malade et malheureux, et qu'il existerait même un devoir de faire vivre les gens agonisants et désespérés. Bon, il n'est pas con et il sait bien que ce ne sont pas les chips qui tueront papa. Cela le rassure légèrement, mais pas complètement.

Maman se redresse pendant qu'on commence à débarrasser la table une troisième fois. D'une voix qu'elle veut ferme, elle dit au père Noël d'agir selon son intuition, selon ses sentiments. Pauvre petit, il ne réclame surtout pas cette liberté d'agir dans un monde qu'il ne connaît pas, celui des vieux et de leur bonheur ou de leur mort. Il préfère l'interdiction de la Banquière ou ma permissivité. Il se reconnaît dans les deux. Ce sont pour le moment les deux pôles de sa vie. Non, oui. Maman, qui ne veut pas qu'il apporte des chips à papa, sacrifie ses principes, pense-t-elle, au bonheur de l'enfant. Son affection l'égare, car elle lui prête la sagesse qu'elle croit posséder. Choisir, décider, changer, évoluer, c'est le rythme complexe et obscur de l'intelligence qui voyage avec un sentiment. L'ado s'est assis sur la chaise de papa pour reprendre son souffle, pour faire une pause comme s'il était plus facile de réfléchir assis que debout. Maman continue à babiller sur la beauté de la jeunesse, sur sa générosité, et elle dit ce que toutes les vraies mères disent, tu pensais bien faire, c'est tout ce qui compte.

Mais non, pas du tout, pense maintenant William. Si, bien faire, c'est tuer, ce n'est pas ce que je souhaite. Ce n'est pas ce qu'il dit, mais c'est ce qui le tourmente. Que retiendra-t-il de ces trois phrases, car elles constitueront à partir de maintenant le livre de sa vie? Il a quatorze ans ou treize, je ne sais trop, et sa vie prend une forme définitive. La soumission aux faits et à la logique, la recherche insensée du bonheur ou une sorte de mansuétude qui navigue entre les deux. Voilà les implacables questions qu'il se posera toujours en sortant d'ici. Car je l'observe, et je vois bien que, comme maman, il a rapetissé. Ces épaules qui fléchissent, ce regard ailleurs, sans objet, c'est le début de la vieillesse. L'important, ce n'est pas le choix qu'il fera, c'est qu'il sait dorénavant que chaque geste est lourd et qu'il doit penser avant de vivre. Un sac de chips vient de l'extirper de l'enfance pour le précipiter dans l'âge qui interdit le jeu et l'innocence, qui est la forme noble de l'ignorance. Je regarde Isabelle qui discute passionnément de tissu avec une de mes sœurs. Je crois que, si elle incarne pour moi autant la légèreté et l'insouciance que la détermination et la réflexion, c'est que jamais, pas un seul instant, on ne l'a poussée plus loin que son âge, c'est qu'elle a vécu toutes les journées de l'enfance qui subtilement se sont transformées en heures adolescentes, puis, quand le temps fut venu, en minutes adultes. Plus on avance, plus le temps passe vite.

Mon neveu se lève. En passant derrière maman, il se penche et dépose dans ses cheveux bouclés un baiser si léger qu'elle ne le sent pas. Il sourit délicatement. Il marche comme un adulte vers la potence ou la liberté, droit comme un piquet, la tête tirée vers l'arrière comme pour faciliter le travail du bourreau qui passera le nœud coulant autour de sa tête ou pour mieux distinguer les chemins qui s'ouvrent. Ses épaules se redressent encore plus quand il atteint la marmaille qui piaille bruyamment autour des jouets qu'on se dispute et parmi les piles de papiers froissés, les boîtes écrasées, les choux décoratifs et les rubans épars, la marmaille, ceux qui restent enfants. Ils n'ont pas encore compris que papa n'est plus le grand-papa qu'ils avaient connu. Seulement qu'il marche plus lentement et parle moins souvent.

Le père Noël enlève sa tuque maintenant dérisoire pour l'adulte qu'il est devenu et parle à voix basse. Ils sont cinq ou six, plus jeunes que lui, qui soudain baissent le ton et commencent méthodiquement à ramasser les papiers, à ranger les jouets, à faire la mine triste de ceux qu'on prend en flagrant délit d'insouciance criminelle, car tel est le pire crime de l'enfant qu'un adulte peut inventer. Un peu d'ordre et de silence dans ce désordre joyeux et ce bruit continu, voilà ce que le nouvel adulte vient, semble-t-il, de décréter. Qu'a-t-il dit pour ainsi mettre fin à la fête? Probablement, grand-papa est malade, il va mourir s'il ne dort pas, taisez-vous, cessez de crier, et grand-maman est fatiguée, il faut tout ramasser. Les enfants s'exécutent comme un bataillon docile. Quelques parents réagissent, y compris la mère du père Noël qui lance, péremptoire:

— C'est Noël, il faut que les enfants s'amusent…

Et son fils la regarde comme si elle était une criminelle de guerre:

— Tu veux tuer ton père!

Je me verse plus de vin que ce que je peux boire. La maman du père Noël prie son fils de respirer par le nez, elle tente de faire de l'humour. Lui ne comprend pas cette légèreté, cette insouciance. Je me lève, un peu titubant, sous l'œil inquiet d'Isabelle qui, je le sens, suit comme une mère ma lente marche entre les chaises, les enfants et les papiers froissés jusqu'à William. Je prends la tuque de père Noël qu'il a laissée tomber et je m'en coiffe.

— Sam, tu veux te faire battre au ping-pong?

— D'accord, mais après je te plante aux échecs.

Malgré les années qui m'essoufflent, je bats encore William au ping-pong, et malgré les années qu'il n'a pas encore, il m'humilie toujours aux échecs.

Le match de ping-pong ne se déroule pas à mon avantage. J'essaie de m'amuser plutôt que de travailler à défaire mon adversaire. C'est en partie parce que je sais que je joue mieux que Sam. En toutes autres circonstances, cela s'appelle le complexe de supériorité. Je rate tous mes smashs, ma spécialité. Sam se gausse et me provoque en me retournant des balles hautes, en apparence faciles, sur lesquelles je fonce sans discernement. Lui, il joue méthodiquement et défensivement, comme moi je joue aux échecs. Je ne cesse d'attaquer, de mêler balles coupées ou brossées et frappes violentes que je souhaiterais déterminantes. Je parie sur l'audace et l'instinct, sur mes réflexes, comme William le fait aux échecs. Le maître dont il suit les cours dit de lui que lorsque la logique se nichera dans son imagination, il deviendra un génie. Je tire de l'arrière, Sam rit de plus en plus. Je rate un autre smash, facile celui-là. Sam cesse de rire même s'il n'a jamais la victoire humble. Il ne lui manque qu'un point pour enfin m'humilier. Depuis que nous nous escrimons chaque Noël sur cette table bancale dans ce sous-sol trop étroit, que nous nous cognons la tête sur les tuyaux qui longent le plafond, depuis que Noël existe et que Sam peut tenir une raquette, il attend cette première victoire. Il pose la raquette sur la table.

— Je n'ai plus envie de jouer.

— Un point et tu me bats.

— Tu joues pas sérieusement. Ça compte pas. On dirait que tu te laisses battre.

— Allez !

Je veux bien qu'il la remporte cette première victoire. Un cadeau de Noël dont il se souviendra.

— Est-ce que tu aimes grand-papa ?

Je n'ai surtout pas envie de répondre à cette question. Allez, sers.

— Réponds, est-ce que tu aimes grand-papa ?

— Et toi ?

— Oui.

Il n'a pas hésité. La réponse est revenue foudroyante comme un smash imparable. Il me défie maintenant.

— Sers !

C'est une balle molle, facile, je la renvoie dans le coin. Vingt-vingt. Je réussis mon service brossé. Il rate le sien. J'ai gagné.

— Bon, tu as gagné, mais tu n'as pas répondu à ma question.

Non, petit, je n'ai pas répondu à cette question que tu me poses maintenant parce que… Je lui offre une autre occasion de me battre. Il refuse. Il a choisi son terrain, son sport, celui de la vérité, une curieuse discipline qui fait rarement des gagnants. J'essaie de jouer sur le même terrain.

— Et toi, pourquoi tu l'aimes ?

J'espérais un effet de surprise. L'adversaire attend un revers brossé, mais arrive un coup droit coupé qui glisse et prend de la vitesse en perdant de la hauteur, et il rétorque avec un revers franc et puissant qui me prend à contre-pied.

— Parce qu'il m'écoute et qu'il ne me juge pas.

D'accord, il marque un point. Je veux absolument marquer moi aussi. Je ne me laisserai quand même pas avoir sur le sujet de mon père.

— Sam, c'est facile d'écouter quand on ne parle pas.

— Il parle, vous ne le comprenez pas. Et tu n'as pas répondu à ma question.

Deux-zéro pour lui. Un début de déroute. Dans un match, on peut à ce moment surmonter son désarroi devant la stratégie adverse en prenant du recul, quitte à perdre un point de plus ou momentanément l'avantage du terrain. Ou on peut se lancer à l'attaque, oublier toute prudence et retenue.

— Non, je ne l'aime pas.

— Je te comprends.

Et maintenant, c'est trois-zéro pour Sam, qui m'explique en choisissant lentement ses mots que lui non plus n'aime pas sa mère, qu'il l'aime bien, mais seulement comme quelqu'un qu'on connaît bien, avec qui on a partagé des choses, à qui on se sent redevable ou encore sur qui on peut compter. Il n'est pas certain d'avoir été assez précis. Il ne veut surtout pas que je pense qu'il porte un jugement sur sa mère, sur sa qualité de mère.

— Je préférerais avoir des parents vieux, des parents qui n'ont plus de vie, seulement celle de leurs enfants.

— Pour pouvoir être libre de faire toutes les conneries qui te passent par la tête?

— Non, christ que t'es con des fois. Comment je peux t'expliquer ça? Pour ne pas me faire dire qu'on ne gagne pas sa vie en devenant joueur d'échecs parce qu'un joueur d'échecs n'a pas le temps de se concentrer sur la grammaire ou sur la trigonométrie. Bobby Fisher, tu connais? Bon. Tu penses qu'il faisait ses devoirs? Non, il travaillait ses ouvertures.

J'apprends alors que papa sait très bien jouer aux échecs. Non, je ne l'apprends pas, je me souviens comment, quand j'avais quatre ou cinq ans, il m'installait devant ce morceau de bois peuplé de soldats de plomb et qu'il tentait sans aucun succès de m'apprendre la marche patiente mais rusée du pion, la stratégie sournoise du cavalier et la foudroyante puissance de la reine. Je n'y comprenais rien et il me faisait mat toujours en deux coups, le truc classique des pères qui veulent impressionner leurs enfants et aussi les humilier. Comme j'avais été cent fois humilié, j'avais choisi de haïr ce jeu et de me complaire dans le déguisement et l'imagination. Ça a été les spectacles de marionnettes pour mes frères et sœurs, les poèmes de Rimbaud déclamés durant les fêtes d'école devant des parents interloqués qu'on apprenne à leurs enfants des textes aussi ridicules que « A rouge, U noir… » et ce bateau qui avait trop bu, enfin, Ionesco auquel je ne comprenais rien sinon que les dialogues de *La Cantatrice chauve* ressemblaient aux rares conversations que j'avais avec mon père.

— Alors, c'est ça. Quand grand-papa parlait encore, il m'a demandé ce que je voulais faire dans la vie. J'ai dit Bobby Fisher. Une minute plus tard, nous jouions. Je l'ai battu facilement, mais il était heureux de s'être bien défendu. Tu imagines, ton père qui est orgueilleux encore plus que moi et qui sourit après une défaite. Depuis, on est des amis. Avec ma mère, catastrophe. Elle a compris les pions, mais après, plus rien. Elle a perdu la partie en cinq coups et, surtout, elle n'a pas trouvé ça drôle. Grand-maman ne comprend rien aux échecs, elle ne connaît même pas Bobby Fisher. Elle découpe toutes les chroniques sur les échecs qui paraissent dans les journaux. J'ai offert de lui apprendre les règles, et grand-papa a éclaté de rire. Il m'a regardé comme si j'étais un copain et que je comprenais son rire. Avant de participer à un tournoi, je viens ici et j'explique mes tactiques, mes stratégies. Ils boivent du thé tous les deux, ne comprennent rien à ce que je dis et m'écoutent sans jamais m'interrompre et ils me demandent de leur téléphoner après la compétition.

Peut-être que je me trompe, mais on dirait qu'il n'y a que les vieux qui nous écoutent. C'est peut-être parce qu'ils n'ont plus de vie que celle des autres les intéresse. Les parents, eux, ils parlent.

— Et c'est tout ce qu'ils font pour que tu les aimes, écouter.

— Non, ils parlent eux aussi, mais pour répondre aux questions. Et ils ne répondent pas de la même manière. On dirait qu'ils prennent plus de temps que les parents ou les maîtres à l'école. Ils réfléchissent, on dirait. Peut-être parce qu'ils doivent revoir leur vie avant de répondre ou qu'ils ont tellement de souvenirs, d'expérience qu'ils savent que la réponse n'est pas facile. Et je ne sais pas comment ces mots me viennent dans la tête, parce que je ne suis pas habitué à parler comme ça, je te dirai que, dans leurs réponses, ils réussissent à nous laisser la liberté.

Une réponse qui n'interdit pas la liberté, qui n'incite qu'à la réflexion. Je découvre des parents et surtout un père que je n'ai jamais connus.

Il est temps de remonter et d'aller retrouver la tribu, du moins pour moi. J'en sais un peu plus à propos de mon neveu, cela me suffit. Et Isabelle me manque. Papa doit dormir et cette pensée me soulage.

— William, tu n'aimes vraiment pas ta mère?

— Oui. Non. Je l'aime comme on aime sa mère. Mais à mon âge, c'est difficile d'aimer. Non, je l'aime, mais je ne l'aime pas comme mes grands-parents. Quand je les vois, je me dis toujours que c'est peut-être la dernière fois. Tu penses pas que ça aide à aimer? Et grand-papa, il est tellement content quand je suis là. Ça aide à aimer, ça aussi. Maman m'aide pas beaucoup. Moi non plus. Je lui donne pas beaucoup de chances. Peut-être que si j'avais l'impression que maman allait mourir, je l'aimerais plus.

— Ou peut-être que tu la fuirais.

— Non, pas ça. Je suis pas un bon fils mais je me cache jamais.

En haut, c'est un boucan d'enfer. Des oh! et des ah!, des engueulades dont les mots se perdent dans d'autres discussions viriles qui se dissolvent dans les rires excités et nerveux de quelques ados. J'entends Pénélope, la sœur de Sam, qui a une voix perçante.

— Grand-papa!

— Peux pas dormir… heu… trop de bruit…

Il est revenu.

Il est là encore une fois dans la porte de la cuisine, l'air hébété, le torse nu, la peau des seins et du ventre qui pend en flaques mollasses. Il titube légèrement et sourit béatement. Les adultes se sont tus. Le silence, mais surtout l'effroi. Car c'est la première fois que nous voyons papa tel qu'il est. Nous ne connaissions que son visage, les symptômes, les diagnostics, les manifestations, mais jamais nous n'avons vu un homme aussi démuni, aussi nu, un père aussi laid. Il vacillait, il parlait avec difficulté, il tombait régulièrement, il éructait, il s'endormait sur sa chaise, il bavait dans sa soupe. Nous savions tout cela. Nous fréquentions sa maladie, mais pas sa laideur ni sa faiblesse dénudée. Maman dit : « Tu aurais pu t'habiller. » Elle ne s'inquiète pas de son apparence et de notre jugement. Elle sait tout de son odeur, de ses rides, de ses chairs sans consistance, de ses taches de vieillesse qui lui font une peau de guépard et de ce sourire niais d'enfant perdu qu'il esquisse quand il ne sait pas trop ce qu'il fait. Elle, qui a porté dix enfants et ne voit rien d'autre qu'un onzième enfant à qui il faut dire de se couvrir pour ne pas prendre froid. C'est tout ce qui l'inquiète, en ce moment, un courant d'air, un refroidissement soudain. Mais maman n'a plus l'âge de porter un enfant et de s'inquiéter de ce froid qui pourrait lui saisir les bronches, elle n'a plus l'âge d'avoir ce mari qui grignote les derniers petits bonheurs de sa vie et qui, comme un bébé, hurle quand le biberon n'est pas assez chaud. C'est de sa santé à lui qu'elle s'inquiète. Et nous, de notre propre effroi. Quand je le vois, c'est de ma vieillesse que j'ai peur.

Sam est le seul à ne pas être saisi par le dégoût que nous camouflons malaisément. Moi, je vois le Commandeur qui s'avance à la fin de *Dom Juan*. Va-t-il me broyer la main et m'entraîner avec lui dans les feux de l'Enfer ? Non, papa n'est pas la mort du théâtre, ni celle du cinéma, il est la mort dérisoire, une statue dépourvue de lustre et de brillant, la mort ordinaire qui s'exhibe sans le savoir dans la nuit de Noël. Sam se dirige vers papa en même temps que maman. Ils sont mus par la même compassion, cette générosité gratuite des êtres qui n'est jamais entachée de pitié ou de commisération.

Sam a enlevé son pull. Maman prend la main de papa pour le guider. Quelqu'un tente l'humour : « Tu voulais nous faire peur comme quand on était petits ? » Il dit oui. Sam dépose son pull sur les épaules de papa, et maman noue les manches autour de son cou pour en faire un vêtement. À la télé dont on a coupé le son, un officiant lève l'hostie au-dessus de sa tête. Panoramique du réalisateur sur la crèche et zoom assez lent sur l'enfant Jésus. *Cut.* Le prêtre boit dans le calice le sang de l'enfant qu'il vient de nous montrer.

Maman et Sam l'ont assis dans sa chaise au bout de la table face à la télé et il réclame le son et du pain. L'*Agnus Dei* envahit la pièce et fige convives et enfants. Papa attend le pain et il cogne des poings sur la table. Il faut le savoir, il a été vendeur de pain durant des années, avant que nous nous établissions dans cette maison. Il n'en conserve aucune fierté, d'autant qu'il vendait du pain de mie Weston. Mais le pain, c'est un peu la sécurité des pauvres, l'aliment de la vie, l'estomac qu'on remplit sans trop dépenser. C'est parce qu'il est pauvre que papa est accro au pain. Du moins, c'est ce que je pense quand je le vois saisir un quignon qui traîne sur la nappe comme s'il avait déterré une truffe. Papa mange tous les pains sans discrimination. La baguette la plus croustillante, le pain de mie américain, le pain aux olives ou aux tomates séchées à la mode chez les branchés, les pains bios et durs comme de la roche de l'Homéopathe, le pain au fromage, les miches, les fesses de l'ancien temps, le pain de seigle, celui aux dix grains. Il le mange sec ou mou, rassis ou chaud, beurré, tartiné de confitures, de fromage ou de graisse de rôti de porc, de margarine ou de pâté de campagne. Mais depuis la maladie, il paraît que le pain le tue.

Sam est revenu de la cuisine, l'air sérieux et concentré. Papa sourit, maman baisse la tête, résignée ou épuisée, comment savoir à cet âge? Le père Noël a repris son rôle de pourvoyeur de cadeaux, il s'est fait boulanger. Il dépose une assiette débordante de pain et de fromages. Il met ses deux mains sur les épaules de papa et lui glisse à l'oreille, c'est ce que j'ai cru entendre :

— Mange, grand-papa, c'est un cadeau.

— Beau ca... deau... mer... ci.

Et il se met à s'empiffrer sans lever la tête une seule seconde de son assiette.

— Sam, je ne sais pas pourquoi tu veux qu'on t'appelle ainsi, Sam, tu es un homme, mon neveu.

Il ne connaît pas Kipling. Mais s'il avait été mon fils...

— William, ça fait trop sérieux. Sam, ça fait vrai.

Le murmure diffus des parents se poursuit comme une rumeur qui hante la ville. Papa mange et grogne de plaisir. Sam éteint la télé.

À l'autre bout de la table, l'Homéopathe trépigne. Elle n'est pas contente du tout. Comme si on la poussait, elle, vers son cercueil par ingurgitation de pain et de fromages. Je la vois blêmir quand je verse du vin dans la coupe d'étain de papa. Elle cherche désespérément les yeux de maman, qui les a remisés dans un endroit secret se situant quelque part sur la nappe qu'elle fixe dorénavant en dodelinant de la tête. Maman a démissionné. Elle a trop d'enfants ce soir. La reine de la santé naturelle se lève brusquement et s'enveloppe dans son châle des années soixante-dix. Le regard est ferme, le dos droit, la démarche déterminée. Je m'attends à des déclarations intempestives, à des leçons de morale. Je tente de fermer les oreilles. Isabelle dit, ça va aller mal. D'où tient-elle cette intelligence de ma propre famille? L'Homéopathe ne s'arrête pas pour engueuler Sam, objet de tous ses ressentiments, ni pour tancer maman. Elle se saisit de l'assiette de papa.

— Ça suffit. Je ne peux pas accepter ça. Ce n'est pas bon pour toi, tu devrais le comprendre.

— Non!

Papa hurle comme si on s'apprêtait à le pendre. Et, d'une main soudainement énergique et sûre, il saisit la coupe d'étain qui quitte sa main en même temps que le vin.

— Papa!

C'est un cri unanime de la part de ceux qui observent la scène, c'est-à-dire les adultes.

— Mon beau châle!

Je ne suis pas mécontent de ce dégât, car c'est un de ces châles vieillots avec des franges boudinées comme des rouflaquettes. J'ai plutôt envie de rire de sa colère et de cette horrible pièce de tissu de toutes les couleurs qu'elle dépose sur le siège de sa chaise et qu'elle saupoudre vigoureusement de sel. Impatiente parce que le sel coule parcimonieusement, elle dit «Christ!» et dévisse le couvercle pour vider tout le contenu de la salière sur le précieux ornement. C'est ainsi que j'apprends que la chose vient de Boston, qu'elle fut achetée dans un moment de délire amoureux, que l'Américain militait contre la conscription et que cette femme réservée blasphème parfois et qu'elle s'emporte. Je la croyais, homéopathie oblige, dépourvue de colères, de rugissements et de passions. Tout le monde peut se tromper. On se trompe tout le temps.

Qui est-elle, cette femme revêche qui sermonne mon père à propos de ses tranches de pain ou celle qui pleure presque sur son châle des souvenirs d'une Amérique disparue et peut-être d'un joint, nue sur la plage de Cape Cod? Celle qui dit toujours excusez-moi avant de parler ou celle qui dit Christ! parce que papa a souillé son châle de tout le vin interdit?

Je le sais maintenant, elle est tout cela, et je m'excuse auprès d'elle de l'avoir toujours vue comme une caricature. Simple et sans strates, pas faite comme la terre qui se superpose à elle-même pour toujours évoluer et dissimuler ses secrètes origines et qu'il faut creuser, perforer, analyser pour comprendre. Désespérée parce que ce vieux châle s'est imprégné du vin comme toutes les vieilles choses qui revivent, elle se dresse, s'approche de papa et l'accuse d'avoir détruit un de ses plus précieux souvenirs. Uniquement à cause d'un amour que personne ne peut deviner. D'un amour absurde pour ce qu'elle est maintenant, mais qui ne le fut pas sûrement. Une plage. Un feu, un joint pour lui, du vin pour elle. Une nuit. Un châle. Papa sourit. Il sourit toujours quand il n'entend rien mais sent qu'on lui parle.

Lui qui n'a jamais souri à nos propos se sert maintenant de ce rictus de dauphin comme ultime défense. Elle baisse la tête, elle démissionne, car dans le brouhaha elle devine que son châle n'intéresse personne. Elle se réfugie dans la cuisine pour tenter de préserver une partie de sa vie. Voici comment les souvenirs, qui sont des strates, s'installent et ne nous quittent jamais. Je me souviendrai de son Boston, elle se souviendra de notre indifférence. Qui a raison? Personne.

La coupe d'étain a terminé son périple dans le visage de maman dont l'arcade sourcilière saigne abondamment, une vraie coupure de boxeur, une blessure sans danger mais qui pisse comme une fontaine. Pendant que ma sœur meurt un peu de la détérioration de son châle, on est nombreux à se pencher sur maman. La Banquière dit qu'il faut composer le 911, d'autres répondent que ce n'est pas grave. Maman prend sa serviette de ses genoux, repousse les apprentis docteurs et l'applique sur la blessure. Papa pose sa main sur la sienne.

— Appuie… appuie… fort.

La main de papa reste appuyée sur celle de maman et il répète, appuie, appuie. Il ne sourit plus. Il est concentré. J'entends une voix qui lui commande presque de ne pas se mêler de ça, et dans l'intonation on sent très bien que les mots l'accusent d'être trop vieux, un infirme impotent, et que de toute manière c'est de sa faute si maman est blessée. Papa n'entend plus les méchancetés dont il fait l'objet. Il entend les mots mais il lui est impossible d'imaginer qu'il puisse faire l'objet de quelque reproche. Il ne fait rien de mal après tout. Il tente de prendre ses responsabilités.

Il pose maintenant l'autre main sur celle de maman qui tient la serviette et qui la retire de temps en temps pour constater que le sang coule encore. Appuie. Appuie, qu'il dit, et je ne sais comment, il parvient à se lever et à s'installer derrière maman et, de ses deux mains, il serre son front.

— Band-Aid… Band-Aid… christ…

Un murmure se propage, un murmure honteux qui parle doucement. On s'interpelle discrètement, des yeux surtout. Ils sont où les pansements, tu t'en occupes ? Nous avions pensé à tout sauf au pansement adhésif. Je sens l'humiliation diffuse qui saisit la Banquière, l'Homéopathe et le Géographe. Ils savent, même s'ils ne partagent aucun sentiment avec les autres, qu'ils forment un clan quand il s'agit de la santé de papa et de maman. Ce sont eux les gens responsables. Ils se regardent, indécis, se consultent, mais ne bougent pas. Moi non plus. Je regarde papa qui serre de ses deux mains le front de sa femme pour que le sang cesse de pisser.

Je crois que c'est mon oncle Bertrand qui possédait un chalet à Bois-des-Filion. Une sorte de masure dans une rue en terre battue qui menait à une plage de quelques dizaines de mètres. Durant les fins de semaine, l'été, les familles s'installaient sur le sable comme elles vivaient en ville. Collées les unes aux autres comme les maisons qu'elles habitaient. Papa ne tolérait pas cette promiscuité. S'il sortait de la ville, c'était pour l'espace et pour l'eau de la rivière qu'il désirait contempler sans qu'on le dérange. Il partait donc tôt le matin pendant que toutes les masures de la rue suintaient des odeurs d'œufs et de bacon, que les enfants se débarbouillaient et que les parents bâillaient ou rotaient leur caisse de bière de la veille, et il allait prendre possession de son territoire à l'extrémité gauche de la plage, près d'un pin chenu, maigrichon reste de nature qui séparait symboliquement ces quelques mètres de sable de la salle de danse de la plage Idéale, car c'est ainsi que ce grand carré de sable s'appelait. Il marquait alors son territoire, notre territoire. Traçait de son talon dans le sable un large périmètre, déposait une glacière, dépliait deux chaises longues, plantait un parasol, allongeait quelques serviettes, puis, fier de son installation, attendait que la marmaille arrive, guidée par maman. Il se tenait debout, toisant les autres familles qui se tassaient les unes sur les autres et qui ne s'approchaient pas de cet homme au regard si dur qu'on aurait dit un policier ou un bandit. Une fois maman allongée, les enfants regroupés, il prenait un livre, s'assoyait et nous oubliait. C'est maman qui courait vers l'eau pour sauver l'enfant qui semblait se noyer. C'est elle aussi qui faisait la paix avec les gamins voisins qui n'avaient aucune notion de la territorialité. Papa donnait des indications, multipliait les injonctions, poussait quelques grognements, mais jamais il ne prenait part à la vie de la plage, sinon pour surveiller notre carré de sable.

Ce dimanche-là, nous revenions de la plage Idéale avec oncle Marcel qui trafiquait les automobiles. Nous étions cinq sur la banquette arrière de sa Chevrolet bleue qui avait des ailes de Monarch, un volant de Chrysler et des poignées de fenêtres pour remplacer les poignées des portières. Oncle Marcel gagnait sa vie en bricolant tout et rien. Quand papa ordonna qu'on baisse la vitre parce qu'il faisait trop chaud, j'obéis comme un bon soldat, sans réfléchir ni regarder. J'ouvris la portière et je suivis, tombant sur la chaussée, puis roulant sur l'accotement. Maman sauta instantanément pour me protéger. Ma tête pissait tout le sang de mes veines. Papa ne perdit jamais son sang-froid. Il attendit que maman me ramène dans la voiture, s'assit en arrière, m'installa sur ses genoux, posa un quelconque tissu sur la plaie et, de ses deux grosses pattes, serra mon crâne durant les trente minutes que dura le voyage jusqu'à l'hôpital. Je me plaignais, mes frères et sœurs pleuraient, maman tremblait. Il ne disait mot. Il pesait sur le crâne, le serrait, bloquait l'hémorragie. Il contrôlait la situation. Maman m'expliqua que j'avais été chanceux. Fracture du crâne. Papa ne dit rien, même quand je rentrai à la maison enfin sauvé.

Sam, que je n'ai plus envie d'appeler William, apparaît, les sourcils froncés, le front plissé par la responsabilité qu'il a choisi d'endosser. Il dépose sur la table de la ouate, de la gaze et des pansements de toutes sortes. Il a vidé la pharmacie. Deux filles se précipitent en multipliant les conseils qui, dans leur bouche, sont des ordres. Papa grogne. Elles se figent. Papa pousse un doigt vers un pansement carré et épais, Sam le prend et l'approche du sourcil de maman que pressent sa main et celle de papa. Il dit oui et appuie. Les deux vieux retirent leur main, le sang pisse un peu, Sam applique le pansement, et puis rien ne se passe. Papa respire bruyamment et lance des yeux courroucés sur chacun de nous. Sam appuie sur le pansement pour que le sang ne coule plus. Comme un idiot impotent, j'observe papa dont la colère est de plus en plus évidente. Isabelle prend tranquillement un rouleau de pansement adhésif et le dépose dans ma main. Papa fait oui de la tête. Durant ces quelques secondes, je redeviens l'enfant coupable qui n'a pas compris ce qu'il devait faire. Sam m'a doublé.

— T'es pas vi… te.

Et il fait ha ha, seule expression du rire qui lui reste, la formulation littéraire du rire qu'il reproduit verbalement car ses neurones mal connectés lui interdisent le joyeux délire de l'éclatement désordonné des sons qui ne se résument pas en une onomatopée symbolique et réductrice. C'est un ha ha de triomphe et de fierté. Le père exprime ainsi son mépris condescendant mais en même temps chaleureux pour ses enfants. Cela dit essentiellement : sans moi, ils ne sont rien.

L'œil droit de maman disparaît sous la gaze. On dirait un pansement de la Guerre de 14 rapidement appliqué dans une tranchée de Verdun par une recrue malhabile mais débordant de bonnes intentions. Papa, maintenant, se bidonne franchement. Il pointe le doigt vers ce curieux macramé et hurle : « Pho… to… pho… to. » Le Géographe ne rit pas du tout. Il a constaté sans le dire que la plaie n'avait pas été désinfectée, que le pansement obstrue inutilement l'œil de maman et que, de toute manière, voilà un incident dont on ne saurait rire. Mais voilà, cet homme est un Japonais qui s'ignore. Son appareil photo numérique Canon haut de gamme explose de dizaines d'éclairs de flashs. Il se déplace, couvre tous les angles, demande même un peu péremptoirement à la blessée de déplacer la tête vers la droite parce que l'éclairage est meilleur. Papa respire la satisfaction et peut-être le bonheur. L'Homéopathe parle de ses loukoums. La majorité des adultes s'affairent à laver les monceaux de vaisselle accumulés dans la cuisine. Emma dort dans les bras de ma fille qui baye aux corneilles. Son copain discute de plates-bandes avec la Banquière. Les autres enfants jouent à Donkey Kong à tour de rôle. Ils se livrent, corps et réflexes cérébraux totalement concentrés, à un furieux tournoi qui ressemble à une lutte pour la survie. Ne serait-ce la demi-nudité de papa que tout le monde a oubliée mais que maman regarde parfois de son œil libre qui se plisse de mépris devant cette incongruité, on croirait de l'extérieur assister à une monotone et prévisible fête de famille de classe moyenne.

William dit :

— Grand-papa, j'ai un cadeau pour toi. C'est le mien, mais tu es parti te coucher et je n'ai pas eu le temps de te le donner.

la surprise intelligente, le jeu à la mode, le présent qu'enfant il aurait aimé recevoir. Il invitait tous les membres de sa famille qu'il n'aimait pas et leur rappelait froidement qu'il n'avait besoin de rien.

Et puis, la veille de Noël, il nous imposait la pire torture, non pas celle de ne pas toucher ou soupeser les présents qui s'accumulaient déjà dans le salon au fur et à mesure que maman enfermée dans le sous-sol terminait un emballage. Nous pouvions regarder de loin sans jamais entrer dans la pièce. Cela, nous l'avions compris depuis la première fessée qui survenait invariablement à l'âge de trois ans, comme si, à partir de cet âge, nos fesses pouvaient résister aux assauts de ses mains. Non, les plus vieux devaient assister silencieux à l'installation du sapin, puis à la pose des lumières, exercice auquel il réfléchissait, semble-t-il, puisque, une fois un fil installé, il prenait du recul, contemplait son œuvre, poussait un grognement, permutait les ampoules en fonction de leur couleur, cassait une petite branche qui brisait l'effet recherché. Il agissait méthodiquement, avec l'air d'un homme hanté par une mission. Il ne tolérait aucune interruption, aucun commentaire ni aucune aide. Nous devions admirer le grand constructeur de sapin de Noël. Pourtant, il se retournait vers nous régulièrement comme un comédien qui cherche l'approbation et attend les applaudissements. Nous demeurions muets, le silence garantissant l'immunité. Une fois les lumières installées, il plaçait les glaçons, puis les boules, les cannes en sucre d'orge, les pères Noël en chiffon, quelques cloches fragiles qu'il conservait pour le dernier moment avant le couronnement, l'installation de l'étoile sur le faîte du sapin.

— T'as déplacé une boule rouge, avait décrété papa.

Il y avait vingt-cinq boules rouges dans l'arbre…

Ça ne servait à rien de nier, même si un de mes trois frères qui baissaient la tête aurait pu être le coupable. Il savait que c'était moi, le délinquant, qui tentais sans succès de lui expliquer qu'il y avait trop de rouge dans cette partie de l'arbre et que cela rompait l'équilibre qu'il souhaitait. J'avais profité de son absence pour cause de pipi pour corriger une erreur flagrante dans la disposition des boules. Ce n'est pas parce qu'on a seulement huit ans qu'on n'a pas un sens de la composition esthétique. Ce souci de la beauté m'a coûté cher. Une horrible fessée avec un tuyau d'arrosage en caoutchouc qui m'a fait les fesses tellement sensibles que je n'ai pas pu m'asseoir un seul moment durant la messe de minuit de même que pendant le réveillon. Quand il a eu fini de me transformer en infirme temporaire, il s'est installé à l'orgue pour jouer *Minuit chrétien*, *Adeste Fideles* et *Les Anges dans nos campagnes*. Maman a passé une main dans mes cheveux en me tendant un mouchoir pour que je sèche larmes et morve qui coulaient et a mis fin à mes protestations timides en me rappelant que c'était mon père, comme s'il avait été Dieu ou Staline. Rappelez-vous, en 1951, Dieu est bon, c'est la guerre froide et nous sommes à la veille de la guerre de Corée. J'ai huit ans et nous faisons des exercices à l'école parce que des communistes moustachus et mal habillés vont nous anéantir avec des bombes qui font des champignons. L'homme le plus dangereux de la planète, c'est le petit père des peuples. L'homme le plus dangereux de la mienne, c'est mon père.

Il est assis par terre, les épaules maintenant recouvertes d'une antique robe de chambre trouée et tachée cent fois que maman demande à papa de jeter depuis vingt-cinq ans. Il rit et gesticule. Même s'il est une heure du matin, les enfants débordent d'énergie. Amandine, ma petite-fille, hurle. Et plus elle hurle, plus papa semble rire devant ma fille interloquée qui ne sait trop comment dire à son grand-père qu'on ne joue pas avec les cadeaux des enfants. Il place ou tente de placer des crocodiles, des lions, des moutons en forme de plaquettes de bois sur un puzzle où sont creusées les mêmes formes. Il se trompe souvent mais semble s'amuser follement. La Banquière me dit qu'il est fou, je lui dis qu'il s'amuse. Papa attrape la main d'Amandine, qui crie encore plus, et il lui donne un âne. Ma fille plaide : « S'il te plaît, grand-papa. » Je vois des larmes qui remplissent ses yeux et Sam prend l'âne, souffle quelques mots à l'oreille de la petite qui, comme toutes les petites de trois ans, peut passer de l'horreur au bonheur absolu en une fraction de seconde, et Amandine devient silencieuse, s'assoit, tend l'âne à son arrière-grand-père, puis guide sa main vers la bonne forme. Elle lui donne maintenant le lion. Il cherche. Il tente. Elle dit non. Il cherche encore et elle applaudit. Bravo papy. Sa mère mêle larmes et rires et demande à personne en particulier presque en s'étouffant de joie :

— Comment on explique à une petite fille de son âge que c'est son arrière-grand-père et que ce n'est pas papy.

— Facile, ma vieille cousine, tu lui dis de l'appeler grand-papy.

Sam est fier de sa réponse. Ma fille éclate de rire. La Tragédienne regarde son fils comme si elle le découvrait.

Le trottoir est monotone et le froid discret, presque absent. Nous avons cette année un hiver idiot qui fait chier les touristes français. Ils se plaignent à la télé comme si le Canada garantissait la neige en tout temps. Le trottoir grisonne comme une stèle funéraire, sans aucun souvenir de neige. Seules, sur les pelouses rases devant des maisons identiques, des plaques de glace plus noires que blanches rappellent le Noël blanc. Je ne fais plus partie de la fête unanime. J'avais soif d'air frais. Dans chaque maison, derrière les rideaux tirés mais transparents, le même arbre de Noël ou son frère scintille. Dans les assiettes de tous ces voisins qui se connaissent depuis toujours, de la dinde et de la tourtière, en France, presque à la même heure, des huîtres et du foie gras, au Caire dans les familles occidentalisées, probablement du pigeon. Partout, du vin ou de la bière et des cadeaux, des gens qui ne pourraient décrire leur affection les uns pour les autres mais qui férocement et méthodiquement se convainquent et même s'escriment pour former une famille, un groupe, un gang, ne serait-ce qu'un soir. La nuit de Noël, invention géniale issue d'une légende dont on ne connaît pas l'origine. Que sait-on au juste ? Qu'un rebelle ou un fou ou un illuminé s'appelait Jésus et qu'il se proclamait fils de Dieu, qu'il scandalisa les pharisiens, provoqua le ressentiment des bien-pensants dont on ne connaît pas les noms, qu'il fréquentait une prostituée, n'avait pas vraiment de père, donc sans doute une mère monoparentale, et qu'il possédait une douzaine d'amis. Il fallut vingt siècles pour que la célébration de sa naissance anonyme se transforme en symbole de l'unité familiale. Athées, musulmans, taoïstes, nous tous, enfants des églises, puis de la consommation, nous fêtons Noël. L'humain a besoin de se représenter, de se mettre en scène, de se faire du théâtre. De quel côté de la scène puis-je sortir le plus discrètement, jardin ou cour ? J'espère avoir fait une figuration intelligente.

Je ne comprends pas pourquoi je tente encore d'aimer mon père et je souhaite que chaque fête obligée ressemble à une célébration librement choisie. Peut-être ai-je besoin, moi aussi, de me raccrocher à ces artifices, fussent-ils religieux. Peut-être ai-je besoin de quelque chose qui semble immuable. Et peut-être que dans le temps qui nous est imparti, la famille incarne, même pour le plus sceptique, une idée de permanence et de continuité.

Je pense à Sam. Oui, il m'a posé cette question et

il a eu ces réflexes qui témoignent de son intelligence d'homme, non, d'humain, mais comment peut-il comprendre qu'on veuille encore savoir à soixante ans pourquoi son père lui a volé un doré? Oui, un doré, un poisson plutôt bête qui ne fait pas la joie des pêcheurs sportifs, autrement dit qui n'offre pas beaucoup de résistance contrairement au saumon ou à l'achigan, et qui n'est pas particulièrement beau. Un poisson bête et ordinaire, sinon pour sa chair délicate qui se défait sous la fourchette comme des flocons de neige lourde et qui fond sous la dent. Le sentiment de vengeance qui se déguise parfois en justice s'en est allé avec mille autres tristesses d'enfance, feuille par feuille, soufflées par le vent du temps qui emporte presque tout. Ne me reste finalement que la curiosité pour cet homme qui a façonné ma vie. Pourquoi veut-on à tout prix comprendre Staline? Peut-être parce que cela nous renseigne sur ses enfants. Et puis, je commence à le croire maintenant, si un sursaut de compassion surgit à la veille de la mort annoncée, c'est par peur de s'être trompé dans son rejet ou de n'avoir pas percé le mystère de son créateur. Dans tous les cas de figure, c'est un peu sur soi-même qu'on se penche et non pas sur celui qui agonise. Pourtant, il y a pire. À Paris, durant le mois d'août dernier, plus de quatre cents vieillards sont morts sans que leurs enfants le sachent. Tués par la canicule dans des foyers mal équipés, dans des studios que personne ne visitait, et même sur les trottoirs, foudroyés par le soleil et la chaleur. J'entendais des policiers effarés qui parlaient à une fille ou à un fils maintenant en deuil et à qui on répondait d'aller se faire foutre. Je me demandais chaque soir si papa était mort, et comment je lui expliquerais que la déchéance d'un humain nous renvoie l'image de notre destruction future et que c'est toujours soi-même qu'on voit souffrir, jamais les autres. Non, je retourne auprès d'Isabelle. C'est Noël et il est important de jouer le jeu de Noël, même si je n'en ai plus envie. Il y a des pièces de théâtre dont on a besoin pour vivre.

« Depuis quand tu ne l'aimes pas ton père ? » Il ne me reste qu'une marche avant la porte et j'ai froid. Même quand on ne répond pas à quelqu'un, on formule la réponse dans sa tête. Je crois, du moins j'ai vécu en fonction de cette croyance, que c'est depuis que je sais qu'il est l'homme qui décide, qui organise, qui me demande de sourire à l'appareil photo même si je meurs d'envie de faire pipi, depuis que j'entends les hurlements et que je ne comprends pas les interdits. Est-ce que les enfants de Staline l'aimaient ? Probablement, parce qu'avec eux il pouvait se permettre d'être généreux et chaleureux, car lorsqu'il sortait du salon familial, il contrôlait tout, disposait du pouvoir de vie ou de mort, parce que rien ne lui était inconnu et qu'il se sentait invincible même s'il percevait mille menaces. Je crois que ce n'était pas le cas pour papa. Chaque fois qu'il sortait de la maison familiale, ses certitudes basculaient. Il fallait vendre et il n'y a rien de moins certain que ce travail qui repose sur une curieuse conjonction de la séduction et du besoin. Il pouvait m'ordonner de manger, m'imposer le respect, du moins le croyait-il, les menaces faisaient leur effet sur maman ou les enfants, les colères intimidaient. Il dominait. Mais, dehors, j'imagine qu'il devait recommencer à zéro son travail d'être un homme de son temps. Il devait séduire, cajoler, argumenter, faire des compromis. Dehors, il n'était pas certain. Voilà une piste à explorer à propos de papa avec moins de vin et en d'autres circonstances. Mais cela ne changera rien au fait que je ne l'ai jamais aimé. Comprendre n'est pas aimer, ni accepter. Je pourrais répondre à Sam ce que je viens de penser, qui se résume au fait que je ne l'aime pas depuis que je suis conscient qu'il est le père, le chef, et qu'il ne m'a jamais aimé. Mais ce serait faux. Je ne l'aime pas depuis que je sais que je ne l'aime pas.

J'entends au loin le son d'une sirène qui se rapproche. Au coin de la rue, j'aperçois des gyrophares et la masse carrée d'une ambulance d'Urgences-Santé. Le véhicule s'engage dans notre rue. La porte de la maison s'ouvre. L'ambulance s'arrête devant moi. La Banquière crie que l'ambulance est arrivée. Une civière sort par les portes arrière en même temps que deux infirmiers qui demandent s'ils sont à la bonne adresse. Je dis oui, certain que la Banquière n'a pas hurlé sans raison.

Une autre sœur crie : « Papa est en train de mourir, ne reste pas là à rien faire. » Tout ce que je peux faire, c'est de ne pas entraver la marche des infirmiers et de la civière, et peut-être prier pour qu'il meure enfin. Ils entrent et moi pas. J'entends qu'il faut tenir la porte bien ouverte et dégager le trottoir. Papa sort allongé sur la civière, suivi de toute la famille dont une bonne partie soutient maman qui pleure doucement. Il porte un masque sur la bouche relié à une bouteille d'oxygène, un des infirmiers lui fait un massage cardiaque, une sœur se demande à haute voix comment il se faisait qu'il avait trouvé des chips. Une autre voix lance :

— Il a oublié son dentier.

— Vos gueules !

Je ne sais pas qui vient de parler. Sam, assis sur la pelouse givrée, la tête baissée, murmure des paroles incompréhensibles.

— Sam aussi est malade, s'écrie sa mère.

— Mais non, petite sœur, Sam pleure. Rien d'autre.

Je m'approche de la civière et dis aux infirmiers d'y aller. Ils se dirigent vers Santa Cabrini, l'hôpital des Italiens où papa est un client régulier. C'est à trois coins de rues. Papa fréquente maintenant un hôpital comme moi je fréquente un restaurant.

Isabelle me demande ce qu'on fait. Rien. Papa s'en va à l'hôpital. Maman monte péniblement dans l'ambulance avec l'Infirmière qui a prestement doublé l'Homéopathe, qui tentait elle aussi de faire son devoir de fille et de professionnelle de la santé. Elle fait signe à son mari qui se précipite vers son auto, suivi par le conjoint de la Banquière qui réchauffe le moteur de la Mercedes (il fait zéro), avant de se mêler à ce qui semble devenir un cortège. Sam a cessé de pleurer et s'est redressé depuis que sa mère l'engueule à propos des chips. Ses yeux fixent un point si lointain dans le ciel dépourvu d'étoiles qu'ils disent qu'il n'écoute pas.

Je serre la main d'Isabelle et lui dis, rentrons. Au sous-sol le bruit de la balle de ping-pong entrecoupe les hurlements des joueurs. Ma fille lave la vaisselle et son conjoint l'essuie méthodiquement. Je ne sais pas qui a mis *Le père Noël est une ordure* dans l'appareil vidéo, mais je m'incline devant cet éclair de génie probablement involontaire. La maman de Sam, qui se sent maintenant coupable par un curieux phénomène de transfert propre aux parents, pleure doucement. Mais non, ce n'est pas de ta faute si Sam, non, William apporte des chips secrètement à papa. Ils forment une belle paire de complices. C'est sûrement papa qui a insisté, tu sais comment il peut le faire. Il t'a déjà manipulée, toi aussi, et ce n'est pas parce qu'il manque de mots qu'il est soudainement dépourvu de tous ses anciens pouvoirs. Mais Julie, qui ne veut rien oublier du drame, raconte à travers ses sanglots que papa a fait main basse sur les sacs de chips que Sam avait rapportés de sous son lit, il a profité de ce qu'il jouait avec les enfants pour en manger un au complet, il s'est étouffé, il a crié, puis il hoquetait et il respirait avec difficulté et maman a dit qu'il fallait appeler le 911 et quelqu'un l'a fait pour calmer maman qui paniquait. Il sera de retour dans quelques heures après avoir contribué à engorger les urgences la nuit de Noël. Mais elle insiste : « Je dois l'accompagner. On ne peut pas les laisser seuls et rester ici. Viens avec moi, t'es le plus vieux et ça va rassurer maman. » D'accord, même si je serais plus utile ici à faire la vaisselle.

J'aperçois la smala dans l'urgence bondée. Il n'y a que maman qui est assise. La chaise orange qu'on a réussi à lui trouver ne lui va pas bien. Elle me regarde avancer vers elle. Elle a retrouvé son calme. Nul signe d'émotion ni de résignation devant une mort imminente.

— Ce qui m'inquiète, c'est que ton père n'aime pas les urgences. L'année dernière, il a passé deux jours sur une civière dans un corridor. Il a tellement gueulé, tellement insulté tout le personnel qu'ils lui ont trouvé un lit juste pour se débarrasser de lui. Aujourd'hui, il ne parle presque plus, mais il peut être très désagréable, même avec moi. Alors tu imagines avec les infirmières. Tu devrais peut-être y aller, ça l'aiderait à se calmer.

Non, je ne veux pas me joindre à mes trois sœurs, à deux beaux-frères. Elle me regarde avec insistance. Voilà comment est solide cette mécanique fragile qu'on pourrait appeler l'« organisme familial ». Je ne suis venu ici que pour ne pas faire de peine à ma sœur et maintenant je marche vers la réception pour ne pas attrister ma mère. Je le regrette déjà. Les plénipotentiaires de la smala encerclent littéralement une infirmière et un médecin pris au piège familial. Je reste un peu en retrait.

— Moi aussi je paye des impôts, madame.

C'est sûrement la Banquière qui a invoqué son statut de contribuable pour obtenir des services ou des soins que la médecine ne semble pas juger nécessaires.

— Oui, au moment où vous avez téléphoné, il était peut-être en danger, mais plus maintenant. Les techniciens ont bien fait leur travail. Son rythme respiratoire est redevenu normal. Il a vomi un peu, mais c'est normal à Noël pour un homme dans sa condition, qui a sûrement fait quelques abus.

— Vous avez fait un électrocardiogramme?

— Non, madame, et nous n'en ferons pas.

— C'est à cause des réductions dans les budgets. Je le savais. On sacrifie la santé des gens pour équilibrer le budget.

— Vous avez raison, madame, mais pas dans le cas de votre père. Il n'a rien, sinon quatre-vingt-six ans, le parkinson rigide, un cœur épuisé, des artères bloquées, une mort prévisible et un caractère de chien. Joyeux Noël.

Le médecin file à l'anglaise et laisse l'infirmière excédée affronter la smala. Que dire à des gens convaincus que leur père va mourir, victime d'un système bureaucratique, de la froideur scientifique et, dans le cas de l'Homéopathe, de l'aveuglement médical? Rien, absolument rien. Je me sauve comme l'infirmière qui se réfugie derrière les portes battantes qui ouvrent le chemin des soins intensifs. La Banquière s'engouffre à sa suite dans l'antre de la médecine lourde. Elle en ressort quelques secondes plus tard, le visage cramoisi, encadrée par deux gardiens de sécurité. Elle proteste et parle de poursuites, redresse son chignon et remonte ses énormes seins comme si on les avait déplacés.

Les portes battantes s'ouvrent. Un infirmier costaud pousse papa dans une chaise roulante. Maman s'inquiète, la tribu piaille, papa sourit avec ce sourire d'enfant que les vieux retrouvent quand ils n'ont pas leurs dentiers.

— Allez, prenez un taxi avec papa, je rentre à pied.

C'est un quartier triste qui entoure la maison familiale, bungalows des années soixante avec leurs flamants roses sur la pelouse, boîtes rectangulaires rouges d'appartements défraîchis, enseignes au néon criardes, bars de danseuses, cafés italiens et haïtiens qui se jaugent et se combattent, stations-service, commerces minables, bandes de petits paumés de toutes couleurs qui hantent les trottoirs, qui se contentent parfois de faire peur au promeneur solitaire, juste pour rire, comme c'est le cas maintenant avec ces trois rappeurs haïtiens qui bloquent le trottoir et qui me contraignent à traverser la rue pour emprunter l'autre trottoir. Ils rient, me moquent. J'ai une petite sueur froide dans le dos. La peur. J'imagine la rage impuissante de papa, mais surtout la honte, cette blessure lancinante, douce, permanente, insidieuse, de ne pas être ou de ne plus être l'image qu'on possède de soi. En ce moment, j'ai honte de ne pas avoir défié ces trois ados perdus dans leur pantalon. Oui, papa, il est temps que tu meures, pas vraiment pour nous, car nous parvenons à faire avec ton emmerdante agonie, d'autant plus, curieux paradoxe, que ta déchéance nous a réunis. Il est temps que tu meures, papa. Ton orgueil, ta fierté, ton sentiment de supériorité, ta certitude de pourvoyeur, tout ce qui a fait ta vie, tout cela, la maladie te l'interdit et ta famille t'en prive. Quelle torture, et surtout quelle humiliation. Pourquoi n'as-tu pas bouffé plus de chips? « Monsieur Anatole Lévesque, mort d'une indigestion de Tostitos au vinaigre, laisse dans le deuil sa femme… » Votre père n'est pas mort d'une longue maladie? Non, madame, d'une indigestion de chips.

J'esquisse presque un sourire quand je pousse la porte d'entrée et que j'entends le murmure familial.

Papa est dans son lit. Il a dit à maman qu'il voulait dormir. Il s'est aussi demandé pourquoi on lui avait fait faire ce voyage à l'hôpital où il n'avait subi aucun test, où on ne lui avait prescrit aucun médicament. Je te raconterai demain, a dit maman, qui nous explique dans la grande salle de séjour les réactions de papa. Les enfants se sont tus, non par respect mais par fatigue. Certains dorment sur les sofas. Amandine, elle, a choisi un coin de tapis près de l'arbre de Noël. Elle serre un koala qu'Isabelle et moi lui avons donné. Elle rêve peut-être au kangourou qui doit accompagner le koala. Deux heures et demie du matin. Les ados ont repris leur tournoi de Donkey Kong. Dans la salle de séjour, les conciliabules se font plus sérieux. On dirait que cette alerte aux chips dépasse toutes les autres. La discussion tourne autour du placement de papa, ce que maman refuse obstinément.

Je dis à Isabelle que nous partons et elle fait signe que non. Elle refuse que je m'esquive. Je ne veux pas assister à ce énième conseil de famille qui s'annonce pour décider du reste de la vie de mon père que je n'aime pas.

Une main se pose doucement sur mon épaule, je crois que c'est celle d'Isabelle, mais j'entends Sam qui chuchote :

— Viens.

Nous descendons au sous-sol. L'échiquier est installé sur la table de ping-pong. Le match est déjà engagé, et même avancé.

— Je réfléchissais, dit Sam, regarde les positions. Le roi noir est presque échec et mat, mais la reine blanche est menacée. Si tu regardes bien, tu vois que, tout ce que peut faire le roi, même si ses pions mangent la reine, c'est de se sauver et d'espérer que les blancs commettront une erreur, ce qui est peu probable. Le roi pourrait mettre fin à la partie en se couchant, convaincu de sa défaite, mais les rois ne sont pas comme ça, même aux échecs. Alors, qu'est-ce qu'on fait ?

Bon, d'accord, je suis passablement ivre, mais j'ai compris l'allégorie. Je ne sais pas. Le choix est simple : on laisse mourir la reine même si on sait que le roi est condamné ou on tue le roi pour qu'il arrête de se prendre pour un pion.

— Il faudrait que grand-papa meure, me dit Sam, le plus tranquillement du monde.

— Pourquoi ?

— Parce que ce serait mieux pour lui.

Ce ne sont ni les mots ni leur sens qui explosent dans ma tête, car ce sont des mots que j'ai formulés si souvent. C'est le ton, l'absence de passion, la fermeté, le calme. Comme un ministre de l'Intérieur invoque la raison d'État pour supprimer un innocent qui par hasard en sait trop, comme un médecin qui, sans consulter, débranche. C'est le joueur d'échecs qui parle.

— Tu veux vraiment tuer mon père?

— Moi, non, t'es fou ou quoi, il me dérange pas. Vous, je sais pas…

— Donc, tu ne penses pas ce que tu viens de dire.

— Oui, je le pense. Mais, *man,* faut pas s'énerver, respire par le nez, comme dit maman. Je veux pas lui tirer une balle dans la tête ou lui trancher la gorge ou l'étouffer avec un oreiller. Je veux pas assassiner grand-papa. Je veux juste l'aider à mourir. Ça arrangerait tout le monde, et lui le premier.

— Vous en avez déjà parlé?

— T'es malade! Moi, un p'tit cul, parler de sa propre mort à mon grand-père! Et toi?

Bien sûr qu'il n'en a jamais parlé avec papa, je me sens idiot, je lui dis et il répond que ce n'est pas grave. On est tous des idiots devant la mort qui s'annonce. Ce n'est pas ce qu'il dit, mais son regard excuse mon manque de jugement et mon désarroi. Silence. Silence qui ne nous gêne ni l'un ni l'autre, car nous savons que nous réfléchissons ensemble. Que répondre à un ado qui te demande si tu veux tuer ton père? Il faut peser ses mots pour l'autre, bien sûr, mais avant tout pour soi. Je multiplie les interprétations de mon scénario d'échiquier et reviens toujours à la même conclusion. Sam a raison. Une pensée maintenant évidente me paralyse et me libère à la fois, elle me submerge comme ces hautes marées qui effacent le paysage placide des plages de la baie de Paimpol. Sam a raison, il faut tuer papa. Je l'ai toujours su. Depuis que je suis enfant. Mais cette mort que je souhaitais avant même que je ne sache vraiment que la mort était une véritable fin, avant que je ne comprenne que la mort est la mort, cette idée de tuer papa prenait naissance dans l'éternel et médiocre dent pour dent. C'était une envie d'assassin ordinaire et pathétique, celui qui tue parce qu'il ne comprend pas, comme par réflexe, pour éliminer la part d'inconnu dans sa vie. C'est ainsi, quand on est petit, qu'on tue son père parce qu'il punit, ordonne et n'assiste pas aux matchs de hockey.

J'avais sept ou huit ans, je m'en souviens très bien maintenant. Ce souvenir m'apparaît dans tous ses détails comme si je regardais un film. Je porte un costume noir, une chemise blanche et une cravate verte. C'est dimanche et nous revenons de la messe. Maman a mis la table avant que nous ne partions après avoir enfourné le jambon aux ananas. Quand nous ouvrons la porte, les enfants crient, maman dit, mon Dieu. De la fumée provient de la cuisine en même temps qu'une odeur âcre de brûlé. Papa entre et se met à blasphémer, ce qu'il fait rarement. Les insultes pleuvent qui parlent des femmes têtes de linotte, puis une gifle énorme comme un ouragan qui projette maman sur les carreaux noirs et blancs de la cuisine. Un carreau blanc rougit du nez de maman qui saigne. Et je tente de tuer papa. Je me précipite vers lui avec un couteau à beurre oublié sur la table. Maintenant je me souviens, il n'a pas vu le couteau ni compris sa signification, cette haine et cette rage qui m'étaient étrangères mais qui ont poussé instantanément comme un champignon atomique qui ravage tout sur son passage. Il m'a envoyé une gifle et j'ai rejoint ma mère sur le carrelage. Quant à lui, en disant qu'il avait faim et qu'il ne mangerait pas n'importe quoi, il s'est installé calmement au piano. Maman s'est contentée de me dire qu'un enfant ne frappe pas son père.

Maman avait improvisé : du riz, du jus de tomate, du bœuf haché frit avec des oignons. Cela faisait partie de notre ordinaire gastronomique et personne n'en a fait de cas ni n'a songé au jambon calciné. Papa a pris une seule bouchée et s'est levé en disant que ce n'était pas un repas du dimanche et qu'il allait manger à la taverne du coin. Ma main a serré fortement le couteau à beurre. Une deuxième fois, dans la même heure, j'avais voulu assassiner papa.

— Non, j'suis pas comme toi quand t'étais enfant, je veux vraiment qu'il meure, le plus vite possible. J'en peux plus de le voir brailler quand je lui raconte ma vie. Je lui raconte rien de spécial, juste les échecs, les profs, les filles, tous les petits problèmes. J'veux juste l'aider à mourir, on lui doit bien ça.

Je viens pour dire que je ne dois rien à papa et que Sam encore moins que moi, que nous sommes ce que nous sommes, surtout dans cette famille, surtout avec ce père qui nous faisait parader comme Staline au pas et en ligne droite, sourire obligatoire aux lèvres, mentons relevés, dos droits, pour tourner avec son Ciné Kodak ses films de propagande familiale. Le néolibéralisme nous a habitués à ne devoir rien à personne. Tiens, je me prends pour un intello. L'individu se crée soi-même. S'il est taré, il fait faillite. Si la nature l'a doté de génie, il domine le monde. Ainsi, deux purs individus, enfants de personne et fils d'aucune société, auraient inventé le Mac dans un garage qui puait l'huile. Les personnalités de la semaine dont se nourrissent les journaux sans imagination ont fait face aux ouragans, aux raz-de-marée, aux éruptions, ils ont défié les préjugés et vaincu les obstacles, passé outre à la crédulité, et seuls, parce qu'ils dominaient d'une tête leurs semblables, ils ont pointé leur nez hors de la mer de la médiocrité et ils ont triomphé de l'ordinaire. Ils peuvent donc progresser maintenant, conquérants solitaires (parce que la réussite condamne à la solitude), conquérants d'un avenir meilleur dont tous les petits profiteront. Voilà ce que je m'apprêtais à expliquer à cet ado qui réfléchit. Autrement dit, nous ne devons rien à l'oiseau dont le gazouillis nous distrait de la baisse du cours de l'action, ni au vent qui rafraîchit, ni à la douche qui éclaircit les idées après une nuit de bière. Quelles conneries! Même les pierres doivent tout à la glaciation. Je ne connais pas ma dette envers papa, mais peut-être est-ce celle de son existence. Et même si je n'étais que la somme négative de tout ce qu'il fut, et si je lui devais d'avoir rencontré maman et mes frères et sœurs, je lui devrais mes repères qui m'ont mené jusqu'à Isabelle. Je lui devrais tout.

— Oui, on lui doit bien ça, comme tu dis.

— C'est pas compliqué, j'te jure, et surtout, c'est pas tuer. Grand-maman et puis presque tout le monde disent que deux choses vont le tuer, le gras et les émotions. Alors on lui donne les deux. Beaucoup de gras pour le cholestérol et des films de cul. On vient, on fait une bonne bouffe…

— Et on regarde un film porno avec papa et maman après le repas ! Et on recommence le lendemain !

Sam rit. Gaver un homme de nourritures interdites et d'émotions n'est pas simple. Et quelles émotions maman invoque-t-elle perpétuellement qui mettraient en danger la fragile existence de papa ? Car nous ne savons rien de ses émotions. Nous n'en connaissons que les interprétations de sa femme, qui est notre mère et son infirmière et sa seule présence permanente. Pourquoi maman insiste-t-elle tant sur les émotions de papa ? Nous lance-t-elle un message crypté, ou parle-t-elle de lui vivant comme on le fait des morts, en les embellissant, en leur trouvant des qualités et en inventant une explication pour tout ce qui nous déplaisait en eux ? Avons-nous tous été aveuglés par son autorité, ses colères et sa violence ? Aurions-nous des raisons secrètes, connues d'elle seule, de l'aimer ? D'ailleurs, pourquoi aurions-nous besoin d'aimer quelqu'un pour l'aider et, dans le cas de papa, lui donner cette petite poussée vers le néant qu'accompagnerait un peu de plaisir et de liberté ? Pas besoin d'aimer pour aider.

Donc, dilemme en apparence simple : la bouffe ou

le meurtre, ou encore le suicide assisté qui requiert trop de complicités familiales. Et on sait que les conseils de famille s'éternisent et n'aboutissent jamais, comme des comités ministériels.

Mes parents entreposent les caisses de bière au sous-sol et pour des raisons mystérieuses ne mettent que deux bouteilles à la fois dans le frigo de la cuisine, même quand ils attendent des invités, c'est-à-dire leurs enfants. Plus personne à part nous ne fréquente cette maison. Le dernier invité habituel, un cousin de maman, est mort il y a trois ans. Sam s'est servi et m'a apporté une bière chaude. Il boit tout aussi goulûment que moi. Je lui parle de la mathématique gastronomique et il demande si le cholestérol se calcule en grammes ou en centimètres. Nous pouffons de rire. Nous buvons joyeusement comme deux amis, avec des apartés sur le hockey que j'aime et l'école qu'il hait, mais surtout sur ma femme qui est tellement plus jeune que moi et que Sam avoue en rougissant trouver de son goût, et je pose quelques questions malhabiles parce que je ne sais plus ce qu'est un adolescent, je tente de savoir. Il répond en riant et rassure son oncle, une bière dans chaque main, oui, il baise, et pour prouver son sérieux, il sort de sa poche un condom. On fait high five. Notre volonté de tuer papa, ou du moins de le pousser vers sa mort, relève d'une sorte de délire onirique conscient. C'est une voix, jumelle de la nôtre, qui parle juste avant de chavirer dans le sommeil. Cela dure parfois des heures et on ne parvient pas à dormir, on se retourne dans le lit, on peste contre cette voix qui n'est surtout pas étrangère. Les raisonnements théoriques s'alignent comme les soldats d'un peloton. Ainsi regroupés, ils s'imposent au plus récalcitrant. Tellement qu'au réveil on sent parfois le besoin de les mettre en mots qui vont du cerveau, je ne sais par quel conduit, jusqu'aux cordes vocales, qui les projettent comme une pluie soudaine que quelqu'un entend. Dans la tête, les mots sont des frissons, des odeurs, des hantises. Dans la tête, les mots construisent des rêves ou des cauchemars, et quand ils surgissent du larynx et pénètrent dans des oreilles étrangères, les mots se transforment en propositions, en proclamations, et le théâtre de l'esprit réclame tout à coup des acteurs. Et des gestes. Voilà, nous sommes prisonniers de nos paroles même si pour l'instant nous préférons parler d'autre chose.

— Est-ce que je peux me joindre à votre conversation?

Maman est d'une politesse exemplaire. Je ne crois pas qu'elle ait oublié un seul s'il vous plaît ou un seul merci dans sa vie. Parfois, durant les repas, elle lève la main comme à l'école pour qu'on lui donne la parole. Elle nous regarde avec ce sourire attendri qui fend le cœur de l'enfant le plus ingrat. Le sourire mythique de la mère, ces lèvres qui forment presque un cœur. Nous aurions pu dire non et elle nous aurait demandé gentiment de l'excuser de cette intrusion. Ce n'est pas qu'elle manque de volonté ou d'audace, au contraire, elle montre du respect.

— Je ne veux pas être indiscrète, mais de quoi parliez-vous?

— De la mort de grand-papa, grand-maman.

Ma gorgée de bière choisit le mauvais conduit, celui qui est habitué à l'air et non pas au liquide, je m'étouffe et j'asperge le neveu d'une fine pluie de Boréal rousse. Si un regard pouvait tuer…

— Il est encore solide, et puis, il ne veut pas mourir. C'est peut-être moi qui partirai avant.

Et elle fait le même sourire.

— Grand-maman, tu comprends pas. On parlait sérieusement. On n'a pas peur qu'il meure, on veut. Shit, explique-lui, toi, moi je sais pas comment.

Maman me regarde, attend la réponse de l'aîné et sourit maintenant comme la Joconde. Un sourire sérieux, si plein de mystères que des millions de personnes font la queue derrière des Japonais pour en percer le secret. Ma mère est un tableau. Je la contemple. Je ne m'attarde pas à ces cheveux minutieusement coiffés, ni aux boucles d'oreilles que je n'ai jamais remarquées mais qui sont jolies et discrètes, ni à ce chemisier en soie tout aussi discret mais qui révèle qu'elle accorde un prix à l'élégance. La Joconde, que j'ai renoncé à comprendre après une dizaine de visites, me sourit. Est-ce un sourire complice ou de défi? Sam et moi venons de quitter ce monde léger de la pensée qui consiste à élaborer des scénarios à propos du gros lot ou d'une rencontre fortuite avec Jennifer Lopez ou de la manière de nous libérer de papa. Que devine-t-elle de nos intentions, si virtuelles soient-elles? Complice ou accusatrice?

Je sais que je suis saoul, non pas ivre, mais franchement et joyeusement saoul. C'est d'ailleurs pour cela que malgré l'épineuse situation je reste assis par terre, une main sur le sol pour assurer une certaine stabilité, que je ne démontre aucune émotion parce que mes neurones ne font plus le cent, mais le cinq mille mètres car que je dois trouver entre les obstacles une réponse qui soit celle que la Joconde souhaite. Et puis, parce que le cerveau est un millefeuilles, j'entends, pendant que je réfléchis à ma réponse, des remarques anciennes et nombreuses. Je gueule quand je suis saoul, j'invective, je suis méchant, ce que les gens qui m'aiment et prétendent me connaître expliquent toujours par le classique : ses mots ont dépassé sa pensée. Ces gens que j'aime se trompent. Malgré quelques exagérations coupables, saoul, je ne dis que ce que je pense. Le vin ou la bière me libèrent de toutes les politesses, des salamalecs et des conventions que la société qualifie dorénavant de tolérance. Interdit de ne pas tolérer. Mais quand on est saoul, on n'est pas con par définition, on continue à mesurer, quoique plus généreusement, sa marge de manœuvre avec la vérité. Parle, dit Sam. Dis quelque chose. Pardon, Isabelle, et tant pis pour moi. Je passe du rêve éveillé à la réalité.

— Bon, maman, écoute. Je pense que c'est mieux pour lui et pour tout le monde. On voudrait… l'aider à mourir le plus vite possible…

Maman s'évanouit. Elle s'est affalée doucement sur la dernière marche, sans bruit sinon celui de la soie froissée.

Je n'ai même pas eu le temps d'ajouter que c'est la

nourriture interdite, le vin, des émotions (lesquelles, je ne le sais pas), du plaisir, quoi, et énormément de cholestérol qui commettraient le crime. Notre rôle se bornerait à celui du trafiquant d'armes ou plus diplomatiquement de facilitateurs.

Elle rouvre les yeux en même temps qu'elle esquisse un sourire qui n'est plus celui de la Joconde et dit qu'elle a perdu connaissance, que c'est l'énervement de la soirée et qu'elle ne se souvient plus de rien. Je suis soulagé, non pas par son retour rapide à la conscience, mais par son amnésie. Elle ajoute qu'il ne faut pas parler de son évanouissement aux autres, ils ont assez de leurs propres soucis.

Bon, trois heures et demie du matin. Nous en reparlerons, Sam. En haut, les familles ramassent les cadeaux, les remettent dans leurs boîtes. Deux de mes sœurs font le partage des tourtières, des beignes, de la mousse à l'orange, des reliefs de dinde comme si elles distribuaient leur propre nourriture. On dirait une soupe populaire gérée par des fonctionnaires, une part égale pour chacun sans égard aux goûts et aux préférences. Les jeunes enfants ont les yeux qu'ils font dans les images de contes quand le texte parle du sable qui alourdit leurs paupières. Les plus vieux s'impatientent. On s'embrasse distraitement. Chacun a suffisamment souscrit au rituel. Maman tremble un peu plus que d'ordinaire, tel un moineau blessé dans un grand froid d'hiver, mais elle sourit et embrasse et souhaite et rappelle et commente et encourage. Une machine à donner de l'affection. Une toute petite femme plus forte que Staline et que tous les hommes de son espèce. Isabelle l'embrasse. Elles s'aiment beaucoup, ces deux-là. Maman murmure dans l'oreille d'Isabelle, qui se retourne vers moi et me regarde sans sourire avec des yeux débordant de questions. J'embrasse maman et elle me dit comme chaque fois ou presque de faire attention à Isabelle, de fumer et de boire un peu moins et surtout de revenir plus souvent. Sam m'accroche le bras en partant. Il m'appellera demain. Les mots quand ils quittent le cerveau réclament des gestes et des acteurs. Les voici qui entrent peut-être en scène dans une pièce dont je ne connais pas le texte, seulement la fin. Je me dégrise. Je me répète : les mots sont des bombes à fragmentation. Je me dégrise encore plus.

Il neige enfin. Comme sur les cartes de Noël anciennes, avec assez d'espace entre les flocons légers pour qu'on puisse distinguer les étoiles dans le ciel et en particulier la plus brillante de toutes (je crois que c'est Vénus), qui déjà guide les Rois mages vers l'étable. Enfourchent-ils des dromadaires ou des chameaux ? Je ne me souviens plus des personnages de la crèche. Isabelle conduit lentement et chantonne un air que je ne reconnais pas. Une mélodie lancinante et nostalgique qui déroule délicatement ses accents comme de larges voiles dans le vent chaud. J'ai trouvé, c'est une chanson de Fairouz, la diva libanaise qui ensorcelle tous les Arabes, à l'exception de certains fondamentalistes qui préfèrent le son rauque des prêches venimeux. Il est bien de laisser ainsi la pensée vagabonder loin de ce qui l'occupe. Je tente de me remémorer la médina de Rabat et le tajine que j'avais mangé avec ma fille au chic restaurant du Hilton, les danseuses du ventre et la petite qui monte sur la scène pour danser avec elles et ma confusion et le rire des clients et celui des Marocaines qui l'entraînent dans une douce et sensuelle sarabande. J'y suis presque.

— Comme ça, tu veux tuer ton père.

Isabelle a parlé doucement. Je n'ai senti aucun reproche dans sa voix, mais je préférerais être encore à Rabat plutôt qu'à l'intersection de l'avenue du Parc et de la rue Bernard, arrêté à un feu rouge, dans une automobile qui sent la tourtière et les beignes que nous ne mangerons probablement pas.

— Non, ce n'est pas ça, Isabelle, c'est plus compliqué que ça.

— En tout cas, je te préviens, c'est ce que ta mère a entendu.

Merde, elle se souvient.

maisons, remplacent le liège qui se fait de plus en plus rare parce que l'humanité a trop bu de vin sans penser à planter des chênes.

Malgré l'arrivée d'Isabelle dans mon appartement, c'est un peu le bordel ancien qui y règne encore. Dans le salon où nous sommes assis maintenant, des disques et des livres s'empilent dans les coins, des journaux traînent de même qu'une torchère qui ne fonctionne pas et que j'ai récupérée d'un décor. C'était bien pire avant. Quand elle est entrée ici, il y a onze mois, habituée de l'ordre, de l'harmonie et de *Elle* décoration, elle n'avait dit mot. Elle s'était contentée, trois jours après son arrivée, de laver les planchers et les fenêtres que j'avais oubliés depuis plusieurs mois. La lumière nouvelle, sa réflexion sur le bois auburn des planchers, m'avait fait redécouvrir un bel espace que ma paresse et mon indifférence avaient transformé en taudis intérieur. Petit à petit mais méthodiquement, comme un chat qui marque son territoire, elle accrochait un cadre, déplaçait légèrement une table, y posait un vase qui miraculeusement se peuplait de fleurs, elle achetait des assiettes et des verres, des napperons et des couverts, mais toujours sans en parler, sans me demander mon avis ni réclamer quelque approbation ou remerciement. Comme elle ne se trompait jamais, je ne disais rien et je souhaitais secrètement, paresseux et insouciant que je suis, qu'elle prenne en main l'appartement, qu'elle m'installe des bibliothèques, me débarrasse de mes meubles tachés et pourquoi pas qu'elle m'achète des vêtements, car depuis mon célibat forcé et ma pau-

emmerdant tout le monde. Nous le tenons en vie, il nous empêche de vivre. Nous luttons pour notre malheur commun. Au début, je me souviens, nous pouffions de rire franchement et lui aussi quand il laissait échapper une bouchée et qu'il pouvait dire comme un enfant : « Oups, raté. » Il recommençait et souriait de notre approbation bruyante quand il réussissait. Un peu plus et nous aurions crié *bis*. C'est que nous ne savions pas, et lui aussi l'ignorait, que des enzymes et d'autres produits chimiques agissaient comme des sécateurs anarchistes dans son cerveau, taillant aveuglément dans l'arbuste fleuri des neurones. Nous pensions assister et participer à une convalescence qui conduirait tranquillement vers la mort normale, celle qui vient en son temps comme une saison qu'on attend ou une pluie que la météo annonce. Nous n'assistions pas à une convalescence mais à une dégénérescence, lente, méthodique, implacable. Nous avons voulu bien faire, mais comme a dit l'inspecteur de George Bush à propos des armes de destruction massive, « nous nous sommes tous trompés ». Nous acceptions l'inévitabilité de la mort imminente, mais nous ne nous doutions pas de sa laideur et surtout de la permanence de l'agonie et de ses conséquences sur la vie de maman. Nous pensions que papa mourrait décemment sans déranger personne, soit dans son sommeil, ce qui aurait été l'idéal, soit comme dans les manuels de statistiques, une troisième faiblesse cardiaque, quelques jours à l'hôpital, un coup de téléphone tôt le matin et puis des funérailles avec quelques larmes et surtout le sentiment du devoir accompli. La mort, on le souhaitait, viendrait comme un voleur. Malheureusement pour lui, pour maman et un peu pour nous, le voleur n'est pas reparti avec son butin, il a préféré s'installer à la maison.

Aujourd'hui, quand il tente de se lever de son fauteuil pourtant muni d'un moteur qui peut le soulever et presque le déposer debout sur le sol, une partie de nous détourne le regard, l'autre observe presque méchamment car presque toujours il refuse d'actionner le mécanisme. Pauvre idiot, il persiste à vouloir se lever sans l'aide de quelques ressorts enfouis dans des coussins. Inconscience, orgueil, allez-y voir. Peut-on reprocher à un chef de vouloir se lever devant ses troupes même s'il est blessé mortellement? Ah oui, le plaisir. Car c'est bien l'absence de plaisir et de jouissance qui constitue sa pire agonie. Si, au moins, il pouvait se plaindre de douleurs insupportables qui lui scient le cerveau, déchirent ses entrailles, tenaillent ses muscles, non, rien qui ne justifie un somnifère, un antidouleur, pas une vraie douleur médicale qu'une potion apaise et qui au moins fournit ce plaisir du soulagement. Non, seulement des élancements stridents de l'âme et de la conscience, des douleurs indicibles. Tentons d'imaginer la honte de Staline devant le Comité central quand il laisse tomber la bouteille de vodka et qu'il s'écroule sur le tapis rouge en voulant la ramasser. Et le camarade Khrouchtchev qui lui offre le bras sans trop se pencher et Molotov qui détourne les yeux. Nous sommes le Politburo de papa. Tous les pouvoirs lui échappent et, pour ces hommes, le pouvoir, c'est le seul plaisir. Isabelle, dis-moi quelle jouissance papa retire encore de la vie qu'on lui allonge. Est-ce le plaisir de continuer à regarder comme au cinéma les autres vivre ?

— Non. Tu vas le tuer comment ? Parle, reste pas silencieux comme ça. Tu veux faire quoi exactement ?

Ce n'est pas moi, vraiment, Isabelle. Ce n'est pas seulement moi, il y a Sam aussi. Je constate, je commente et lui, Sam, qui ne se rase pas encore, traduit mes pensées en action. C'est un peu ce qui s'est passé. Sam et moi sommes parvenus à la même conclusion sans nous parler et en empruntant des chemins différents. Moi, je pensais au plaisir de vivre et Sam songeait sûrement à la joie de mourir. Peut-être qu'on peut l'empoisonner (je n'ai pas été capable de dire tuer) en le laissant manger. Il peut encore manger, s'empiffrer, roter, rugir de plaisir après l'interdite portion de reblochon. Il vit encore quand il mange. Voilà. J'aimerais qu'il meure de vivre.

Elle sourit. Elle tient ma main et sourit et m'amène avec elle dans l'élaboration de la mort de papa. Commençons par le foie gras, et elle rit maintenant, insouciante, pendant que j'ouvre une de ces conserves qu'on achète à Roissy dans des boutiques qui ne sont plus hors taxes et qui vous font payer deux fois plus que dans les supermarchés pour de la mousse de foie de canard piquée d'un souvenir de truffe. Elle meurt de rire, fait des signes, gesticule, s'étouffe avec le rire qui, mêlé au vin, produit des effets étonnants chez les personnes bien élevées. Elle pointe le doigt vers elle et se frappe la poitrine. Elle trépigne sur le plancher de bois dur et réveille probablement la voisine d'en bas qui demain nous laissera un mot incendiaire.

— Pour ton père… (elle respire) c'est le cadeau que j'avais fait à ton père.

Nous avons raté une occasion de tuer papa.

En ce lendemain de Noël, papa est parti pour l'hôpital de jour. Les camps de jour pour les enfants existent depuis longtemps. Les parents qui travaillent pendant les vacances scolaires peuvent ainsi confier leurs enfants à des animateurs, des gardiens enjoués qu'on appelle des moniteurs. Les enfants, en principe, s'amusent. Ils pratiquent des sports, glandent sur Internet, mangent de la nourriture de cafétéria, engouffrent un surcroît de calories, vont à la piscine pour les perdre et retrouvent en fin de journée leurs parents épuisés par le travail. La réunion est toujours joyeuse. L'hôpital de jour est plus récent et s'inspire de la même formule. Il permet au parent qui demeure à la maison de se reposer, de sortir, de faire des courses sans angoisser sur le sort du vieil enfant abandonné seul dans le domicile conjugal. Les vieux, en principe, fréquentent l'hôpital de jour pour se soigner. Ils passent des tests, ils se font poser des questions indiscrètes sur la couleur de leurs selles, ils attendent, car le système est engorgé, ils mangent de la nourriture de cafétéria, ils engouffrent un surcroît de calories, ils ne vont pas à la piscine, ils parlent à un médecin et ils attendent que les préposés les poussent plus ou moins délicatement dans le petit bus qui les ramènera à la maison. La réunion à la maison n'est pas toujours joyeuse.

Hier, maman n'a pas fait dans la délicatesse habituelle ou dans la nuance quand elle a téléphoné. Normalement, elle me demande de lui raconter ma vie quotidienne en détail, surfe un peu sur la météo, décrit la dernière chute de papa, demande des nouvelles d'Isabelle et puis évoque sans insister la possibilité que je fasse une visite, quand bien sûr tu auras le temps, et ce n'est pas urgent. Tu viens à la maison demain midi, il reste encore de la tourtière et j'ai besoin de te parler. Ah, tu n'as pas besoin d'apporter de vin, il en reste.

Une mignonne fillette de cinq ou six ans avec ce qui semble une marguerite plantée dans des cheveux bouclés. C'est maman, je la reconnais au regard à la fois doux et pétillant. Elle sourit à l'objectif pendant qu'une ribambelle d'enfants paraissent s'amuser dans un immense jardin. On distingue quelques adultes à l'arrière-plan, des hommes, vêtus de noir, portant cravate ou nœud papillon et col dur, et plus loin, presque comme des ombres, quelques femmes. Le jardin doit fuser de rires espiègles, de pleurs et de cris car c'est ainsi que les jardins bruissent le dimanche quand une dizaine d'enfants gambadent après la messe et avant le repas, deux moments insoutenables pour l'enfant qui devine bien qu'on n'apprend pas la vie dans la position assise ou agenouillée. Les hommes, ils sont trois, ne se préoccupent ni des femmes ni de la marmaille qu'ils ont mise au monde. Ils parlent avec l'air soucieux et gris de savants qui discutent de la fin du monde. Ton grand-père, dit maman en désignant la photo, ton arrière-grand-père, précise-t-elle pour Sam qui m'a fait un air voulant dire je ne comprends pas ce qui se passe quand je suis entré et qui a continué à examiner les dizaines de photos alignées méthodiquement sur la table de teck du salon.

Donc, c'est une mignonne fillette avec beaucoup de sœurs et de frères qui semblent tous aussi sages et bien élevés qu'elle. Pour contredire les clichés qui racontent l'histoire des familles respectables, on ne la voit pas assise au piano, ni déclamant un poème devant un arbre en carton. Mais avec un chapelet et à genoux devant un Christ qui perd trop de sang, avec des religieuses et de plus en plus de messes et de cérémonies alors qu'elle s'avance dans l'adolescence, vêtue de noir et oubliant les marguerites dans les cheveux, le sourire n'est plus qu'une ligne mince qu'esquissent les lèvres et le regard se cache sous les paupières, voile imperméable devant l'objectif indiscret qui pourrait à travers son œil la montrer nue. Bien sûr, maman ne dit rien. Elle est partie à la cuisine pour réchauffer la tourtière et faire la purée de pommes de terre, elle s'active pendant que le fil de sa vie s'étend sur une table de teck. Et c'est moi qui tente de donner un sens aux photos pendant que Sam ne cesse de se surprendre de l'habillement ridicule de ces gens d'une autre planète. Sam, on ne t'a pas dit à l'école qu'avant le numérique il y avait eu la photo en noir et blanc et même avant en sépia et que, il y a quelques années, le nombril n'était pas une chose que les filles de dix ans exhibaient? Quel âge a-t-elle maintenant sur cette photo? Seize, dix-sept ans? La ligne fine du sourire a disparu, la main gauche repose dans la main droite à la hauteur des hanches, les yeux n'ont pas de regard, juste des pupilles, des iris. Mon grand-père, que je n'ai pas connu, est derrière elle. Il pose ses larges mains sur ses épaules. Il regarde intensément l'appareil photo, il le défie de lui voler une partie de lui-même et il sourit paternellement sous sa moustache stalinienne. Est-ce un sourire ou un rictus? Voilà peut-être pourquoi certains hommes, en particulier les dictateurs, arboraient une moustache fournie qui faisait office de paupières à leurs lèvres. Et puis, le frère préféré de maman au bras d'une jeune femme qui de toute évidence a de la classe, comme on dit maintenant, et sa sœur aînée qui sourit à ce qui semble être un bon bougre, légèrement bedonnant et l'air débonnaire et un peu béat qui vient avec l'embonpoint de la jeunesse. De plus en plus de gens vivent autour d'elle, les sourires éclatent, les robes se font plus légères, quelques jeunes hommes ne portent ni veston ni cravate, elle paraît de plus en plus studieuse. Oui, Sam, j'invente, j'interprète, je tente de lire à travers les signes, de percer les clichés jaunis. Pourquoi tu ne lui poses pas de questions? Elle ne répondrait pas. Je ne sais si c'est vrai, mais j'en suis incapable. Un garçon qui interroge sa mère à propos de sa vie amoureuse, c'est un fils qui déshabille sa mère. Et toutes les réponses sont devant nous, dans ces photos. Une photo de mariage, un grand mariage. Vous savez, ces photos symétriques qu'un photographe automatique prend de l'arrière de l'allée centrale dans l'église. Que des dos et le curé debout au centre qui parle à un dos blanc et à un dos noir. Dans le quatrième banc à gauche, les boucles de maman sous un bibi blanc planté d'une fleur. À sa gauche, un homme dont je ne connais pas le dos. Il la dépasse de la tête et presque des épaules. Maintenant, l'homme est de face et maman cache un sourire d'une main, de l'autre elle retient son chapeau à cause du vent qu'on devine car l'homme replace une mèche de cheveux gominés qui a pris le large. Il ne sourit pas. Une mince moustache fait un trait noir sous le nez aquilin. Il semble mal à l'aise. Papa fait ses premiers pas dans la bourgeoisie. Il était beau, grand-papa, s'exclame Sam, en tout cas beau pour son temps. J'entends maman qui pose les couverts sur la table de cuisine. Ça va, les enfants? Nous murmurons un oui qu'elle n'entend probablement pas. C'est toujours l'été dans le même jardin. Les noirs et les blancs se détachent mieux, on distingue plus de détails. Kodak a dû mettre sur le marché une nouvelle génération de pellicule. Les hommes aux cols durs n'ont pas vieilli depuis la photo dans laquelle maman avait encore sept ans. Ils avaient vieilli prématurément et demeuraient vieux obstinément, comme s'ils étaient nés statufiés. Ils parlent, impassibles, indifférents aux jeux qui se déroulent. Maman est assise sur une balançoire, attendant que papa l'envoie au ciel d'une poussée virile. Papa se tient droit derrière maman.

Il semble prisonnier de son veston croisé comme s'il essayait de jouer au vieux et se demande sans doute si cet excès de plaisir dérangera cette famille dans laquelle il fait ses premiers pas. Lui, issu du diabète, de l'obésité, de la pauvreté et de la vulgarité.

Une autre photo de mariage, celle-là tout aussi classique. La photo officielle de papa et maman dorénavant unis devant Dieu pour le meilleur et pour le pire et jusqu'à ce que mort s'ensuive comme on dit de ceux qu'on condamne à la pendaison. Une centaine de personnes en rang d'oignons sur les marches du parvis d'une église. Je mets mon doigt sur des visages pour Sam. Les arrière-grands-pères, les arrière-grands-mères, les oncles, les tantes. Bourgeoisie et petit peuple réunis dans une festive célébration qui ne se reproduira jamais. De tous ces gens, c'est maman qui rayonne le plus. Papa sourit légèrement, mais cette impression est peut-être due à sa moustache et au cliché dont la définition est floue. Puis c'est moi, je connais la photo, dans les bras de maman souriante encore, et par la suite, nous sommes de plus en plus nombreux à l'entourer. De photo en photo, maman se multiplie avec le même air de bonheur affiché qui ne semble pas feint. Au moment où la couleur apparaît, nous sommes déjà cinq, un enfant tous les dix-huit mois en moyenne. Avant le sixième, une photo incongrue. Un gros poisson jaunâtre sur la table de cuisine et un trophée qui représente un pêcheur pratiquant le lancer léger.

— Sam, c'est mon doré !

Bien sûr, il ne comprend pas.

Les enfants font des airs d'enfant et maman rayonne. Aux prises avec neuf enfants, le metteur en scène a résolu le problème de la symétrie, les quatre plus petits agenouillés dans un premier rang, maman au centre de la deuxième rangée avec deux enfants de chaque côté et le neuvième, moi, le plus vieux, debout derrière maman. La symétrie vient naturellement au dictateur, elle incarne et résume sa vision du monde. Hitler, avant même que sa folie ne lui permette de s'imaginer Fürher, peignait des aquarelles studieuses et parfaitement cadrées, il commanda à Speer, son architecte préféré, des bâtiments scrupuleusement inspirés de la symétrie grecque et à Leni des cérémonies géométriques. Quand Staline regardait défiler son peuple, c'est-à-dire son armée, que voyait-il? De longs rectangles ou des carrés compacts que formaient des milliers de figurines identiques dont même la pointe du nez s'alignait sur un faisceau imaginaire. On pourrait croire que la passion subséquente qui s'empara de papa pour le ciné-Kodak aurait apporté un semblant de désordre et donc de réalisme à cette famille dont les images devaient prouver son exemplarité. Il n'en fut rien. Muni de l'outil du mouvement, papa s'obstina à filmer des photos, et quand le son se greffa sur l'image, papa fut pris d'une aversion soudaine pour le cinéma. Il aurait pu, bien sûr, nous ordonner le silence et nous aurions obéi, mais un oiseau, des enfants dans la rue, la sirène d'une ambulance, la vie désordonnée quoi, auraient détruit la symétrie de l'image.

— C'est servi.

Que faut-il lire dans cette histoire photographique de la vie de maman? Que veut-elle que nous y découvrions? Veut-elle nous convaincre qu'elle fut heureuse? Pourquoi ne le dis-tu pas, tout simplement, maman? Je crois que les mères de cet âge ne sont pas ainsi. Elles font dans le détour et l'allusion car elles n'ont pas l'habitude de la déclaration. Ainsi, pour me demander si j'avais besoin d'argent, elle parlait de mes vêtements. Était-ce par goût que je portais des jeans usés à la corde, et elle ajoutait avant que je réponde que dans mon milieu toutes les modes semblaient permises. Peut-être donc n'avais-je pas besoin de jeans neufs, à moins que, mordant à l'hameçon si habilement tendu, je ne dise qu'un petit prêt me dépannerait, et que ma dernière pièce n'avait pas été un succès et que la propriétaire téléphonait à six heures du matin pour réclamer son dû. Et magiquement, une enveloppe pleine de billets apparaissait.

Maman sourit comme sur les photos. Elle picore. Sam engouffre et moi j'attends une phrase anodine qui indiquera le chemin que doit prendre doucement la conversation. Pour le moment, elle en est aux échecs et se demande si on peut en faire un métier et élever une famille avec le salaire des pions. Sam n'a pas compris qu'elle lui demande de faire ses devoirs et d'entrer au collège. Il s'emballe et parle des sommes pharamineuses remportées par Fisher ou Kasparov. Mais si tu n'es pas Fisher? Sam se renfrogne légèrement.

— Grand-maman, es-tu heureuse? Et grand-papa, lui?

Il a lancé cette grenade comme un terroriste qui a bien réfléchi. Le ton est posé, dépourvu d'émotion.

— Veux-tu du dessert?

— Non.

— Et toi?

— Non plus.

Maman continue de sourire même si son regard se voile et que ses paupières clignent nerveusement.

— Du café?

— Non.

— Grand-maman, t'as toujours été heureuse comme sur les photos?

Les grands-mamans ne mentent jamais à leurs petits-enfants, sinon pour les protéger de la vie. Et les petits-enfants croient de moins en moins les grands-mamans. Avec leurs premiers livres d'école, on leur donne la vie en prime, toute la vie que leurs parents étalent et trimbalent dans un reality show permanent. On ne fait plus le coup du bonheur des parents aux enfants d'aujourd'hui. Le malheur du temps de maman se cachait, ou plutôt, il ne se nommait pas. Le malheur n'avait pas de nom, pas plus que le bonheur, qui était le devoir, qui était aussi le malheur.

Maman baisse la tête et soupire, le couteau qu'elle tient de sa main gauche fait clic clic clic sur le bord de l'assiette. Sa main droite se pose sur la main qui tremble. Le couteau se tait. Non, elle n'a pas toujours été heureuse comme sur les photos, mais l'important, dit-elle, c'est de ne pas regretter. Elle est fière de sa vie. Maman dresse sa petite tête d'oiseau noir sur ses épaules fragiles et c'est Piaf qui chante *Non, rien de rien, non, je ne regrette rien.*

— Comme ça, vous voulez tuer mon mari parce que vous croyez qu'il est malheureux. Faudrait peut-être lui demander ce qu'il en pense. On ne tue pas les gens qu'on aime sans leur demander la permission, même si c'est pour leur faire plaisir.

Vous connaissez l'expression « on entendait une mouche voler ». J'entends la mouche. Elle ne vole même pas, elle marche. Le silence pèse tellement que je l'entends marcher, la mouche qui déguste le fromage que nous ne mangeons pas. Tout est dans les mots. Ainsi dit, vous voulez tuer mon mari, nous sommes des assassins et en plus des enfants irrespectueux puisque nous n'avons pas consulté la victime. Elle a raison, maman. Il faut consulter. La mort, ce n'est quand même pas rien. Je m'imagine, papa, veux-tu mourir ? Il s'étouffe, passe près de mourir et éructe une sorte de non rugissant. Je m'imagine, papa, veux-tu vivre encore longtemps ainsi ? Il ne comprend pas dans la question ce que signifie « ainsi ». Sans lire ? Non. Sans manger ce que tu aimes ? Non. Sans parler ? Non.

Sans vivre. Probablement qu'il répond oui. Bordel, papa, tu comprends ce que tu dis ? Tu veux vivre sans vivre ? Il répond oui, le têtu, encore, et il rit. Je consulte, mais nous ne nous parlons pas. Tu veux vivre pourquoi ? Il rit. Parce que. Oui, je suis certain, c'est ce qu'il dira, parce que. Parce que est une réponse d'enfant.

Je viens de battre ma sœur, elle saigne un peu de la lèvre inférieure. J'ai dix ans, elle en a six. Papa me tient par le bras et me secoue comme un chiffon. Pourquoi? Je ne l'aime pas. Pourquoi? Parce que. Bien sûr, il me bat, et plus violemment que je n'ai battu ma pauvre sœur. Mais je serre les dents et je ne pleure pas. Pourquoi? Parce que. Parce que je n'ai pas eu à dire je ne sais pas, à avouer mon ignorance et mon désarroi. Parce que.

Parce que j'existe et que je dois exister, répondraient Staline et mon père aussi. Jamais je ne demanderai à papa s'il veut mourir. J'entends la mouche qui marche maintenant dans le sucrier. Je respire par le nez, comme dit la mère de William, qui préfère s'appeler Sam et qui réfléchit en se rongeant les ongles.

— C'étaient des blagues, maman. Pas vraiment des blagues, mais on parlait tout haut comme ça. J'avais bu… et on se demandait si papa prenait du plaisir à vivre et si…

— Si je ne serais pas plus heureuse sans lui, comme vous, peut-être?

— Non, grand-maman. C'étaient pas des blagues et on veut pas tuer grand-papa, on veut qu'il meure. C'est différent. On s'est dit qu'il fallait l'aider. Pas le pousser dans l'escalier, pas le tuer, grand-maman, juste, fuck, je sais pas comment dire, juste… juste l'aider à partir.

Les mots sont une prison. Si vous désirez la liberté sans la responsabilité, restez muets. Je sais que sans l'intervention de Sam j'aurais trouvé avec maman la porte de sortie, une zone d'ombre dans laquelle nous aurions accepté de vivre encore quelque temps sans évoquer la sombre pensée qui nous habite. C'est ainsi qu'elle et moi avons longtemps vécu, dans une sorte de non-dit assumé dont on pensait qu'il donnerait peut-être naissance à l'oubli. Je découvre que rien ne nous unit, Sam, maman et moi. Sam aime son grand-père, et le mener joyeusement dans sa tombe est une sorte de baiser qu'il pose sur son front. Maman a depuis longtemps passé l'âge de l'amour, elle accepte le destin qui lui dicte un devoir, un destin qu'elle a choisi et un devoir que sa foi commande. Je n'aime pas mon père. Je n'ai que de la pitié pour lui. La pitié n'est pas un sentiment, c'est une complaisance de faible. Je ne veux pas me venger, j'ai passé cet âge. Je souhaite seulement qu'il disparaisse, pour maman, pour la famille, pour changer de sujet de conversation, pour dîner à Noël la fourchette en paix, pour ne plus entendre parler de son refus de se faire opérer ou, vu autrement, de sa volonté proclamée de devenir aveugle. Si j'ai pensé à cette mort civilisée qui serait le résultat d'un trop-plein de plaisirs, d'une embolie de cholestérol, d'une chute provoquée par une bouteille de Puligny-Montrachet, ce n'est pas pour qu'il termine ses jours heureux, c'est par lâcheté. Je veux tuer sans tuer. Et surtout, frileux de la mort que je suis, j'aimerais bien lui donner la mort que je souhaite. Douce, immédiate et sans douleur. Quant à maman, nous ne pouvons qu'imaginer, non, inventer son bonheur sans papa. Deux lectures sont possibles. Elle est épuisée, se

pas ce que tu lui dis et qu'il n'a pas le temps de te répondre et que tu donnes la réponse à sa place. Il pleure dix fois par jour. Au début j'étais émue. Mon mari qui pleure! Et je tentais de le consoler comme on le fait avec un bébé qui ne peut dire d'où vient la douleur. Je peux vous dire combien d'angoisses et de tortures j'ai connues de ne pas savoir comment calmer les larmes d'un bébé. Maintenant, je suis habituée, les larmes, c'est un autre écoulement, un peu comme la morve ou la bave. Ça vient avec la maladie. Alors j'essuie. Vous êtes gentils. Je pense que dans vos conversations un peu folles, il y avait l'envie de me soulager, peut-être de lui donner du plaisir, mais pour le moment ce n'est pas mon mari qui me tue vraiment, c'est la vie, votre vie autour de la nôtre. Mon mari et moi avons mangé de la margarine durant trente ans pour apprendre maintenant que nos artères sont bloquées et qu'il fallait manger du beurre. Il y a le cardiologue qui me fait un sermon à propos du saumon trop gras et le psychologue qui dit que ça n'a pas d'importance, et vous, mes enfants, qui nous surveillez comme des bêtes en cage et qui discutez de la diète et de l'émotion et qui me convainquez un peu d'une thèse ou de l'autre. Car tu vois, William, le problème d'une mère, c'est qu'elle veut faire plaisir à tout le monde. Même Dieu n'y arrive pas. Donne-moi un petit verre de vin… Et puis, mon mari meurt. Bien sûr que je serai contente pour lui, même s'il ne veut pas mourir. Je serai triste mais pas malheureuse. Durant une semaine, je me reposerai, vous viendrez presque chaque jour, mais je

veux pas mourir, même si je suis tellement épuisée, tellement fatiguée ? Parce que nous avons peur, même nous, des bons catholiques, qu'il n'y ait plus rien après. Bon, je l'ai dit.

Elle se verse une bonne rasade de brandy, explique le devoir qui est une forme d'affection, la vie qui est une obligation qui vient de Dieu et que la vue des enfants autant dans leurs malheurs que dans leurs bonheurs nous pousse à poursuivre. Au cas où le bonheur, qui réjouit et rassure celui qui va mourir, au cas où le malheur, qu'on pourra peut-être soulager et qui donne le goût de durer pour être présent lors d'un autre malheur. Voilà pourquoi on vit quand la vie disparaît. Parce que naît une autre vie. Bien sûr, elle ne parle qu'en son nom et doute fort que papa entretienne les mêmes pensées. À dire vrai, elle ne sait pas pourquoi il s'acharne, car c'est ce qu'il fait, elle en est convaincue.

— Tu te souviens du doré de la photo et de combien il était fier ? Il brandissait le trophée et il avait fait venir le voisin pour le rendre jaloux de sa prise. Moi, je me souviens de ton silence, et tu n'as pas pris une seule bouchée du poisson quand nous l'avons mangé en fêtant la gloire de ton père, et pourtant tu aimais le poisson. Ce soir-là, il était de mauvaise humeur, je ne comprenais pas, lui qui aimait tellement gagner. Et il m'a raconté comment il t'avait volé le doré. Il ne voulait pas être humilié par son fils. Je peux te le dire maintenant, il n'était pas fier. Tu te souviens du doré ? Alors tu imagines aujourd'hui son humiliation ? À sa place, je voudrais mourir. Nous sommes tous là autour de lui comme des infirmières, des policiers ou des juges, même ses arrière-petits-enfants « Papy, attention ! » Non, moi je n'en peux plus, mais je n'ai pas le droit de penser comme vous. Et puis… ce serait peut-être bien qu'on parte ensemble… pour la mort, ce serait peut-être… Bon, je vais dormir un peu. Pas besoin de ranger, on n'a pas beaucoup d'activités ici.

Elle se lève. Ce n'est pas le poids des années qui la voûte mais bien celui des mots et des pensées, tant de mots, tant de pensées dans une toute petite tête frisottée qui, enfant, rêvait dans un jardin de vieillards, mais à quoi rêvait-elle au juste ? Peut-être à un jardin de marguerites ?

— Maman, à quoi tu rêvais quand tu étais petite ?

— À une grande maison avec un mari et beaucoup d'enfants. Tu vois, malgré ce que tu appelles mon modernisme, je ne suis pas vraiment différente des femmes de ma génération. Vous m'inventez une beauté parce que vous n'aimez pas votre père. Votre père m'a sauvée du couvent où ma famille m'envoyait.

Le carillon sonne et maman, intriguée, dit que le facteur est déjà passé. Elle trottine, curieuse, jusqu'au vestibule, regarde et crie presque.

— C'est mon mari, il doit y avoir un problème.

Oui, il y a un problème. Papa est assis dans un fauteuil roulant, emprisonné dans une camisole de force. Deux infirmiers à l'air têtu l'entourent. Maman s'indigne et William aussi, qui la soutient. Mon mari n'est pas un fou, vous n'avez pas le droit. Les infirmiers protestent calmement, ils en ont vu d'autres. Papa a craqué. Quand on lui a fait la prise de sang, il a arraché la seringue et piqué l'infirmière, puis s'est mis à hurler, voilà pourquoi il porte un bâillon. Ils tentent d'expliquer, mais cela ne fait pas partie de leur description de tâches, et ce n'est vraiment pas leur travail de dire autre chose que : la direction de l'hôpital de jour a décidé que monsieur avait eu un comportement qui mettait en danger les autres patients et le personnel. Maman tremble, s'avance vers lui, prend sa main, qu'il retire. Papa a le regard dur et fixe qu'il avait avant de m'administrer une fessée, des yeux froids et rouges à la fois qui annonçaient la férocité de la punition et la gravité du moment. « Nous lui avons donné des calmants, madame. Il ne cessait pas de crier, il donnait des coups de pied quand on s'approchait de lui, il crachait, oui il a craché sur moi. Il paraît qu'il disait toujours fini et arrêtez. Les vieux, on sait jamais comment ils vont réagir. » Papa grelotte, et nous aussi. Nous partageons le même froid. C'est peu, mais c'est quelque chose. William délie le masque. Je m'attends à un hurlement, à une plainte. Non, seulement le silence glacé du lendemain de Noël quand le soleil se sert de la neige pour aveugler les mortels. Papa grelotte de plus en plus et claque des dents et de la tête, et je me rends compte qu'il est nu sous sa blouse de malade, sa verte chemise de patient que la camisole de force camoufle sur le haut du corps. Je vois ses jambes déformées, laides, des bois d'épaves qui sortent de la toile comme des rejets obscènes.

Il est au chaud dans la cuisine, libéré de la camisole.

Une couverture sur les épaules, une autre sur les jambes. Nous sommes assis et attendons qu'il parle. Rien, toujours les mêmes yeux, ceux des hommes qui décident. Maman multiplie les questions. Il monte d'une main sûre la tasse de café jusqu'à ses lèvres. Maman prépare la serviette de table et il la transperce du regard comme pour lui dire, pas cette fois. Il pose la tasse comme vous et moi. Il vient pour prendre la main de maman puis se ravise.

— Fi… ni… arrê… tez… mou… rir. Je veux mourir.

Papa reprend la tasse d'une main aussi sûre, maman respire et baisse les yeux, se serre les mains, William dit shit et moi je ne veux plus être là et je veux fuir quand j'entends maman qui murmure comme le début d'une berceuse, alors, mon mari, qu'est-ce qu'on fait? Alors, mon mari, qu'est-ce qu'on fait?

Je ne veux pas entendre la réponse. Je suis ici par accident, à cause de rêves mis en paroles, prisonnier de mon imagination. Si je me suis mis dans les mots, c'est pour dire, pour raconter, pas pour devenir prisonnier de mon discours. Mettre en scène permet d'organiser la vie qu'on refuse de partager, et l'art aujourd'hui est rarement autre chose qu'une fuite. Je commence seulement à vivre un peu. Une femme, le sentiment d'une sorte de responsabilité, l'exaltation et la frayeur en même temps de ne pas vivre seul. Non, depuis que papa m'a battu, c'est exactement ce que je refusais de vivre. Je n'étais pas vraiment responsable de cette violence, si minime fût-elle pour l'époque, et j'ai décidé de ne plus être responsable de rien. De peur d'être puni, non, de payer le prix. J'ai donc fui toute activité qui comportait un résultat tangible, mesurable et dont le produit pouvait faire l'objet d'une évaluation objective. J'ai refusé d'être jugé, pour ne pas être puni. La création échappe aux grilles rationnelles de jugement, c'est un havre pour les faibles et les anxieux, les tourmentés et les extralucides. Une mauvaise mise en scène n'est qu'une erreur, une piste d'exploration inintéressante. Et puis, il y a toujours une paumée pour adorer la pire croûte, un introverti pour vous écrire que vous l'avez sorti de son carcan, un couple B.C.B.G. qui vous allonge un je-ne-sais-si-je-dois-aimer-ou-refuser-votre-parti-pris-n'est-ce-pas-mon-amour en attendant, pour se faire une conviction, de lire la critique. Le médecin ne bénéficie pas de cette grâce et de cette complaisance quand il rate l'accouchement ou la tumeur au cerveau, ni le policier quand il dégaine trop vite pour découvrir que ce qui le menaçait au bout de la main tendue dans le noir était une banane moisie. J'ai donc choisi d'inventer mes univers jusqu'à ce qu'Isabelle, très tard dans ma vie, m'entraîne lentement dans la vie, dans la réalité qui me rejoint ici parce que les mots, parce que les rêves parlés, parce que William, parce que papa que j'aime pour la première fois depuis qu'il a crié « Arrêtez ». Maman toussote, met une main sur mon bras et d'un ton léger dit :

— Mon fils, tu pourrais nous mettre en scène une belle mort à tous les deux.

— Ouais !

C'est un son qui tient à la fois du soulagement, de la réjouissance et du rugissement. Papa éclate de rire, ce qui s'apparente à l'étouffement et à la régurgitation. William écarquille les yeux, maman retrouve son sourire de Joconde, papa reprend son souffle péniblement et crache :

— Une belle mort.

Et il sourit. C'est la première fois depuis des années que je ne remarque pas sa bouche édentée et que je vois ses lèvres dessiner un véritable sourire.

— J'ai faim.

Et il rit de nouveau et pose une main sur l'épaule de maman qui sent bien que cette main est une nouvelle main ou peut-être une ancienne, celle du jardin, celle des premiers jours. Elle incline la tête sur la droite pour que sa joue, j'imagine, rejoigne la main transformée. Les muscles des vieux ne se prêtent pas facilement à l'amour ou à l'affection. Quelques boucles frisées chatouillent peut-être le dessus de la main de papa, mais un muscle fatigué et durci dans le cou de maman interdit à la joue de se poser sur la main qui demeure sur l'épaule et qui paraît douce. Je me suis trompé, mon père n'était pas Staline, mais un dictateur faible et dépourvu de certitudes. Sa violence ne disait que sa faiblesse et sa peur de la vie. Sa main descend lentement de l'épaule sur le bras, comme je fais avec Isabelle, s'arrête sur l'avant-bras quelques secondes et prend la main de maman. C'est ainsi qu'on fait dans les discothèques et les bars, dans la pénombre et le bruit, lors de la première découverte hésitante, juste avant de plonger dans le gouffre du je pense que je l'aime et c'est la femme de ma vie, au moment crucial où on se demande s'il faut parier sur le cul immédiat ou sur la durée. Soyons francs : sur la possession ou sur l'abandon. J'ai fait le même geste avec Isabelle à deux heures du matin dans un bar enfumé plus par la coke et les bêtises que par les cigarettes. Je croyais que la mort était proche, j'étais désespéré comme papa et j'ai parié sur l'abandon. J'aurais bien besoin d'elle maintenant pour savoir comment faire avec deux vieux qui s'abandonnent.

William n'écarquille plus les yeux. Maman tremble de nouveau. Papa dit qu'il a faim sans quitter la main de maman et il répète comme si les mots importants étaient plus puissants que les dysfonctions de ses neurones :

— J'ai faim et je veux une belle mort.

C'est presque ainsi qu'il a parlé, avec peut-être une légère hésitation avant « je veux une belle mort ».

— On va commencer par la nourriture, mon mari, pour la mort, on a encore du temps.

— Non… je suis fa… tigué. Mourir.

Se pourrait-il que maman se sente enfin libre ? Elle se lève et raconte en riant comment nous voulions tuer papa à coup de bacon, de foie gras, de ragoût de pattes de cochon, d'os à moelle, de saint-nectaire et de vin rouge. Papa s'étouffe tellement il rit. « Bonne idée », parvient-il à bafouiller. William rajoute timidement qu'elle avait oublié le jambon et les mets chinois. Nous rions franchement, presque légèrement. Maman apporte une bouteille de vin. Du frigo, elle extirpe, après l'avoir vidé des salades, des légumes verts, rouges et orange, des fruits ainsi que des laits de soya et des hamburgers végétariens, des trésors cachés : un camembert, quelques tranches de saucisson à l'ail, un petit contenant de rillettes d'oie, un pâté de campagne. Elle ne s'excuse pas d'avoir dissimulé toutes ces délices interdites. Elle avoue en demandant que nous gardions le secret. Elle a cru à toutes ces diètes, à ces injonctions médicales et à ces régimes pour papa qui paraissait vraiment mal en point, mais pas pour elle qui voisine avec la mort autant que lui. Elle lui en donnait parfois quand il pleurnichait comme on donne à un enfant un bonbon normalement défendu. Mais pas trop. Elle craignait de se faire surprendre par ses enfants qui savaient peut-être mieux qu'elle comment sauver les vieux. Somme toute, elle ne voulait pas nous peiner.

— Tu tri… chais !

— Oui… depuis longtemps. Depuis ta crise cardiaque. Je voulais que tu restes.

— Du pain. Du beurre.

Il engouffre une tartine de beurre et de rillettes, vide son verre de vin entre les trois bouchées et en redemande. William lui dit qu'il mange trop vite, puis qu'il pourrait s'étouffer et mourir. Il se reprend, comprenant qu'on ne peut reprocher à quelqu'un de courir après sa mort quand on veut la lui offrir dans une assiette. Papa mange trop vite pour nous et, à ce rythme, c'est ce qu'il dit en somme, il ne restera plus rien pour les autres. Il acquiesce, prend une tranche de pain, la tartine de beurre et pose cinq tranches de saucisson à l'ail et la tend à maman avec son sourire édenté d'enfant timide.

Le dictateur est libre. Il n'a plus à ordonner. Il peut demander et donner.

— C'est bon.

— Oui. Très bon.

Ce n'était pas une déclaration, mais une question qui cherche l'approbation et le merci. Une conversation.

— J'en voudrais une autre.

Maman n'a jamais rien demandé à papa. Elle intercédait pour nous, pour que la punition ne soit pas trop violente. Pour le reste, elle faisait avec. Elle ne disait pas, passe-moi le sel, s'il vous plaît, ou encore, j'aimerais bien une tranche de jambon. Le sel qu'elle avait mis sur la table était là, le jambon avait été coupé, elle n'avait qu'à composer les assiettes des enfants et à se servir. Papa mangeait.

— Mauvais… mauvais pour ta santé. Du vin?

C'était encore une question. Maman sourit. Avec plaisir. La main tremble, la bouteille aussi, le vin coule un peu dans le verre, un peu sur la table, William se saisit de la bouteille et explique qu'il veut boire lui aussi, papa rit et fabrique une autre tartine pour maman. Il prend un quignon de pain et le trempe dans le vin qui macule la table. Tchin-tchin, dit maman, en ajoutant qu'il y a une autre bouteille dans l'armoire derrière les boîtes de pâtes. Nerveux, William se verse du vin, un peu sur la table, un peu dans le verre.

— Parkinson, William… parkinson.

Et papa essuie de nouveau le vin avec du pain. Ceci est mon corps, ceci est mon sang, et il enfourne le Christ. Maman rit, elle ne se souvenait plus, dit-elle, que son mari avait le sens de l'humour.

— Quand j'ai connu ton père, il me faisait rire… Tu te souviens comme tu étais drôle ?

— Oui.

On entend la porte de devant s'ouvrir. La Banquière apparaît dans l'embrasure. Depuis une année, les visites des enfants se font plus fréquentes et souvent aux heures les plus inattendues. On invente des raisons, des excuses, mais maman n'est pas dupe et pas mécontente non plus. Les enfants surveillent, à cause des chutes de papa, de ses malaises de plus en plus inquiétants, de la fatigue de maman. Et surtout, ces courtes visites brisent le silence, qui n'est pas pour elle l'absence de bruit, mais l'absence de conversation. Je crois que ma mère a survécu si bien parce qu'elle adore parler.

— Je vois qu'on a oublié tous les conseils du médecin. J'avais apporté une salade et du riz basmati.

Elle est en colère, cela est évident. Ses yeux accusent maman de trahison. Et William qui boit du vin. Maman répond calmement que ce sont les restes du dîner de Noël et que c'est encore un peu Noël.

— Pouah, la… salade…

Et papa saisit la bouteille et la tend à la Banquière, qui grimace et nous jette un regard méprisant.

— Vous êtes complètement saouls et ridicules. Maman, on en reparlera. Vous voulez vraiment mourir.

Elle n'a pas entendu le oui de papa qui s'est embourbé dans trop de pâté et de pain, et la Banquière, comme dans les pièces de vaudeville, lance la tête en arrière, remonte sa généreuse poitrine de ses bras croisés et repart. Papa rit, le regard de maman se voile. William se verse encore un peu de vin. Je suis soulagé. Grâce à cette intrusion, arrosée d'un peu plus de vin car William a trouvé la deuxième bouteille, la conversation s'égarera peut-être. Nous parlerons longuement de la Banquière, papa s'endormira, maman clignera des yeux et parlera de sieste, William, qui boit trop rapidement, sera pris du hoquet et nous conviendrons d'un prochain rendez-vous pour le foie de veau et puis le homard et après un steak tartare avec des frites et toutes les entrées de foie gras qu'ils voudront bien manger. Et évidemment, des bries au lait cru, des triples-crèmes, des pont-l'évêque et des tartes tatins avec de la crème glacée. J'oubliais les os à moelle et les escargots à la chablisienne, le ragoût de pattes de cochon de maman et les œufs en meurette. Je veux bien les gaver de tous les gras qui obstruent les artères, épaississent le sang qui va se coaguler et peut-être provoquer un arrêt cardiaque ou une indigestion dévastatrice. Je suis prêt à les aider à mourir naturellement, à accélérer le processus de vieillissement en les noyant dans les glucides et les calories, mais pas à tuer, même si on me le demande. Je ne veux pas être un assassin. Je sais, je sais, ce n'est pas un meurtre, on appelle cela l'euthanasie. Je suis en faveur de l'euthanasie, j'ai déjà signé une pétition et je cite la Hollande comme exemple d'une société animée

— Toi, tu dois connaître le Docteur Suicide, tu sais, l'Américain.

Oui, je connais Jack Kevorkian. J'ai pensé, il y a une dizaine d'années, écrire une pièce qui s'inspirerait vaguement de son histoire. Au début, seuls des malades en phase terminale ou atteints de maladies débilitantes et irréversibles comme l'Alzheimer ou la sclérose en plaques s'adressaient à lui, comme ce fut le cas pour les cent trente-huit malades qu'il aida à se suicider. Mais dans ma pièce, il commençait à se prendre pour Dieu. Il s'appelait The Medical Liberator. Expert en marketing, il investissait systématiquement dans la publicité télé et radio. Vous êtes épuisés par la vie, vous voulez mourir, vous n'avez pas le courage de le faire seul, je suis là pour vous libérer de tout ce poids. Des services professionnels, des résultats garantis. Dans ma pièce, le deus ex machina ne se demandait pas si le client était maniacodépressif et donc ne lui prescrivait pas de lithium. Doctor Life ouvrait des maisons de la mort, accueillantes et performantes, comme nous on se préparait à ouvrir des maisons de la vie. Ici, les sages-femmes de la vie et là-bas, les maisons de la mort. Dans ma pièce, une jeune fille noire entrait, recroquevillée. Elle porte encore sur le visage les marques d'un assaut brutal. Elle dit en peu de mots qu'elle en a assez. Le docteur comprend qu'elle a été violée. Il ne pose même pas la question. Il imagine la honte, le rejet familial, le destin précaire de la mère monoparentale et sans emploi. Il n'hésite pas une seconde et lui offre une chambre de départ gratuitement. Le docteur peut se permettre d'être généreux. C'est ici que j'ai arrêté d'écrire, car il fallait que je pose la question : peut-on se tromper quand on est certain de vouloir mourir ? J'ai lu que des milliers de femmes ont été violées au Rwanda puis ont accouché d'enfants maudits puisque le père était géno-cidaire, mais Esther, une amie, m'a dit que beaucoup de ces enfants sont heureux et que leurs mères, après avoir pensé à la mort, inventent la vie avec des fragiles brindilles d'espoir. Donc, si on obéit aux gens qui veu-lent mourir, on se prive de quelques enfants heureux. La question que voulait poser ma pièce, je la découvre maintenant, est tellement compliquée que je ne par-viens pas à la formuler. Mais je réfléchis pendant que maman continue à séduire William et que papa crache un morceau de pain dans son assiette sans que maman fronce les sourcils. Une personne veut mourir, tu la tues. C'est respecter la volonté de l'autre. Voilà l'équa-tion. Une personne te dit vouloir mourir, mais elle se trompe, elle ne le souhaite pas vraiment. Elle a exagéré sa douleur, elle cherche des bras réconfortants, un appui, un tremplin, un médicament pour passer au tra-vers, parce qu'elle cache dans de lourds cartons noirs des dessins luxurieux qu'elle ne parvient pas à montrer car son père lui a toujours crié qu'elle était une conne de dessiner ces grenouilles à têtes d'oiseaux avec des yeux de petites filles. Tu la tues, t'es un meurtrier, pas un ami. Plus compliqué encore. Ta mère, qui fut toute sa vie raisonnable et modérée, te demande de la tuer. Tu comprends son épuisement même si tu ne connais pas les douleurs et les humiliations intimes. Par compassion, tu acceptes. Et si elle se trompait ? Si la volonté de mourir de papa n'était rien d'autre qu'une de ses sempiternelles crises d'orgueil et que tous les deux ne désirent qu'un peu plus de bonheur durant le temps qui reste et qu'ils mesurent dans leurs os et leurs veines ? Voilà, j'ai trouvé et ça m'arrange. Ils veulent mourir le plus rapidement possible, mais heureux et de mort naturelle. Mais quel est le bonheur des très vieux qui veulent partir ?

Je raconte l'histoire du docteur Kevorkian qui a été condamné à vingt-cinq ans de prison pour meurtre au second degré. J'explique sa méthode. Une machine à suicide qu'on pose sur la table de chevet. C'est le futur suicidé qui actionne le mécanisme. Dans un premier temps, un puissant somnifère est injecté par perfusion puis, dix minutes plus tard, une dose mortelle de chlorure de potassium. Mort garantie. Puis, dans mes recherches, j'ai découvert la machine du docteur australien Philip Nitschke. Je ne sais à quoi ressemble cet appareil, mais il diffuse un litre de monoxyde de carbone par minute. La mort se présente comme une douce griserie. Génial ! Le suicidé se voit épargner le travail fastidieux qui consiste à fixer un tuyau quelconque, généralement un tuyau d'arrosage, à l'extrémité du pot d'échappement, puis… vous connaissez la suite. On connaît le problème du suicide dans l'automobile. C'est une opération de plomberie relativement simple mais qui donne amplement le temps au suicidé de réfléchir. Papa et maman sont fatigués.

Maman n'aime pas cette idée mécanique de

mettre fin à la vie. William, par contre, trouve cela génial et s'émerveille à propos de ces bidules qui distillent la mort avec une précision scientifique. S'il connaissait la composition exacte des somnifères et des gaz, il pourrait fabriquer une de ces machines. Et maman lui demande s'il veut finir en prison comme le docteur américain. Papa dit :

— Une… belle mort… on n'a plus… d'auto.

Maman rit.

— On pourrait en louer une, lance Sam en riant, et la transformer et fonder une entreprise.

Papa rit, tout le monde rit. Sam rayonne. Il se sent utile. Il tend une main vers papa et, quand celle de papa arrive, il dresse la sienne, écarte les cinq doigts et attend. Papa, qui ne fait rien d'autre ou presque que de regarder la télévision où il a appris les nouvelles mœurs des ados, comprend instantanément et présente lui aussi sa paume en écartant les doigts. Ils se font un high five qu'ils répètent comme s'ils portaient les couleurs de la même bande.

— Et qu'allons-nous manger, demande maman, la veille du jour de l'An ?

Sam sort de son sac un papier roulé entouré d'un ruban rouge, un peu comme un diplôme.

— Grand-papa, c'est l'autre moitié de ton cadeau de Noël, pour accompagner ton madiran. Ils donnaient la recette sur le site de Nicolas.

Il se tourne vers moi et me dis :

— Lis.

— « Véritable recette du cassoulet de Castelnaudary. Dans une grande casserole en terre cuite, mettre un quart de litre de haricots blancs secs qui ont trempé dans l'eau quelques heures, ajoutez 300 grammes de poitrine de porc salé, 200 grammes de bacon, une carotte, un oignon piqué de clous de girofle et un bouquet garni contenant trois gousses d'ail. Recouvrez d'eau et faites mijoter jusqu'à ce que les haricots soient tendres.

« Dans un poêlon, faites dorer avec du lard ou préférablement du gras d'oie 750 grammes de côte de porc et 500 grammes de côte d'agneau bien assaisonnées de sel et de poivre. Quand la couleur de la viande est belle, ajoutez deux oignons finement émincés, un bouquet garni et deux gousses d'ail écrasées. Laissez mijoter durant environ une heure en mouillant régulièrement avec du bouillon de bœuf. On peut ajouter un peu de purée de tomate ou quelques tomates épépinées, taillées en dés. »

— Oui… un peu… de tomate, dit papa presque d'un trait comme s'il ne souffrait plus du parkinson rigide.

Il ne bave pas, il salive. Il essuie ses lèvres humides du revers de la main et n'hésite pas quand il prend sa coupe d'étain.

— « Quand les haricots sont prêts, enlevez la carotte, l'oignon et le bouquet garni et ajoutez le porc et l'agneau, un bon bout de saucisson à l'ail, une saucisse maison et du confit d'oie. Laissez mijoter une heure. Retirez les morceaux de viande. Coupez le porc, l'agneau, le saucisson, la saucisse et l'oie en tranches d'épaisseur égale. Dans une cocotte en terre cuite, déposez dans le fond les tranches de bacon puis une couche de haricots, puis une couche de viande avec la sauce, puis des haricots, et ainsi de suite. À la fin, recouvrez de fines tranches de porc salé, de bacon et de saucisson, saupoudrez de panure et mouillez avec de la graisse d'oie. Laissez mijoter au four à température très douce durant quatre-vingt-dix minutes. Servez. »

— Tu sais d'où vient le mot cassoulet, grand-papa? Ça vient d'un vieux mot du Languedoc, une région du sud-ouest de la France, ça vient de cassoule, qui est le plat de terre cuite dans lequel on fait mijoter ce ragoût.

— J'en veux.

Papa n'exprime pas un désir. Pour la première fois depuis des années, il éructe un ordre.

— Même… si c'est… pas bon pour… mon cœur.

Et il se frappe la poitrine violemment là où, pense-t-il, se situe le siège du cœur.

Isabelle s'émerveille. Je lui ai raconté notre déjeuner, encore empêtré dans ma contradiction entre le rêve et la réalité, surpris de rire un peu, étonné de me sentir complice de ce couple auquel je n'ai jamais cru et qui a semblé prendre forme devant moi. Vous avez ri de la mort, tu te rends compte ? Et qu'avez-vous décidé ? Rien, vraiment rien de précis. Voilà tout le problème. Papa est allé s'étendre sur son lit et maman a conclu le conclave en nous lançant la balle avec un sourire malicieux qui semblait dire : « Maintenant que vous connaissez nos volontés, qu'allez-vous faire pour nous aider ? » Mais en fait, elle a dit que pour le réveillon de la Saint-Sylvestre, ce serait le cassoulet pour toute la famille et rien d'autre, elle avait presque oublié, des huîtres en entrée. Bien sûr du fromage et pourquoi pas un saint-honoré. Pour le reste, elle s'est contentée de dire, pour me rassurer probablement, que nous en reparlerions quand ils seraient prêts et qu'avant il leur restait quelques choses à faire. Comme quoi ? Du camping et de la pêche peut-être. On en reparlera, mon fils.

Et elle nous a mis gentiment à la porte. Isabelle répète en souriant : « Vous avez ri de la mort. »

Oui, je veux bien, mais je n'ai pas ri autant que mes parents, et Isabelle n'imagine pas l'énorme controverse que risque de déclencher ce menu. J'entends déjà l'Homéopathe, la Banquière et l'Infirmière, les reproches sourds et méchants qui guetteront chaque bouchée qu'engloutira papa, les je te l'avais bien dit qui souligneront ses régurgitations et ses bouffées de chaleur. Cette nouvelle année débutera dans un insupportable chaos familial. Comme toutes les années, dit-elle en m'embrassant. J'ai, selon elle, la seule famille totalement dysfonctionnelle qui réussisse à fonctionner, et surtout à durer, même si c'est dans une harmonie chaotique. Ce bordel envisagé, cette cacophonie d'ordres, d'opinions, d'injonctions et de proclamations dans laquelle je vis depuis mon enfance ne m'inquiète pas vraiment. C'est maman et papa qui me terrifient. Papa, qui ne savait rien de nos élucubrations, et maman, qui connaissait toutes mes pensées, nous ont choisis, William dit Sam et moi. Nous sommes leur docteur Kevorkian. Au moment déterminé par eux, sans nous consulter, ils nous feront signe. Et nous devrons les tuer. Car à travers nos rires, nous avons bel et bien convenu d'un pacte, sans mots, sans poignées de mains certes, mais un contrat malgré tout. Nous savons que nous avons dit oui. Le mot « oui » s'est formé depuis longtemps dans mon cerveau, il prend toute la place, engorge les neurones, mais ma bouche ne parvient pas à l'articuler. Je fais du parkinson rigide psychologique.

Il pleut des cordes. Un 31 décembre de réchauffement de la planète. Quand je suis arrivé avec William pour préparer le cassoulet, maman m'a dit qu'il ne fallait pas s'inquiéter, que tous les enfants avaient été prévenus de sa volonté, et dans chaque cas leurs jérémiades médicales et moralisatrices s'étaient éteintes quand elle avait expliqué que c'était probablement leur dernière nouvelle année. La Banquière, qui boude maman depuis le 26 décembre, entre dans la cuisine en engueulant son mari qui a mal tenu le parapluie et tend un sac en disant qu'elle avait apporté une salade de riz pour ceux qui pensent à leur santé. « Tu es libre de manger ce que tu veux, ma fille, même chez moi, mais ne la mets pas sur la table. Tu viendras te servir dans la cuisine. » « Maman, tu n'es pas raisonnable. » « On en parlera demain, ma fille. » Ils sont rares ceux ou celles qui arrivent les mains vides, comme si les ordres de maman avaient moins de poids que les habitudes. Chacun a apporté son plat, comme le veut la tradition, même quand maman ordonne de ne rien apporter. Maman remercie tout le monde en disant non merci. L'Homéopathe a presque les larmes aux yeux et maman en remet. Ce midi, papa et maman ont mangé du foie de veau avec du bacon, comme les Anglais. Ma sœur, qui s'est improvisée guérisseuse naturelle après une longue dépression, est quasiment végétarienne et absolument indépendantiste. Ce foie de veau anglais constitue une injure à la nature et une capitulation devant l'ennemi.

Après avoir passé quelques minutes à la cuisine et s'être servi un apéro, chacun se dirige vers la salle de séjour, tend la main ou embrasse papa du bout des lèvres, comme on le fait avec une relique sans trop attendre de réponse au comment ça va. C'est ainsi qu'on fait depuis sa maladie. Maman boit déjà. Je lui en fais la remarque en souriant. Un petit porto, mon fils, ça donne des forces pour le repas. William s'inquiète et sa mère l'embrasse, heureuse qu'il se préoccupe de deux casseroles dans le four plutôt que d'une ouverture russe classique aux échecs. Le drame des parents modernes, c'est qu'ils n'ont plus d'enfants, seulement des inconnus en forme d'enfants. Maman m'interrompt.

— Ton père écrit maintenant. Il écrit pour parler.

Dès notre départ, le 26 décembre, il s'est installé devant son bureau. Il a sorti d'un tiroir une tablette de papier ligné et s'est astreint durant des heures à aligner des lettres dans un silence studieux comme s'il était retourné à l'école primaire. Le premier jour, il s'est contenté de couvrir des pages entières de *a* et de *b*, jusqu'à *z*, tout l'alphabet qu'il a soigneusement rangé dans le tiroir comme si ces pages constituaient un document de valeur. Le lendemain, les pages se sont couvertes de mots, des mots épars et sans liens les uns avec les autres, fumée, manger, merci, poufiasse, Europe, des dizaines et des dizaines de mots qui s'allongeaient de plus en plus confortablement sur les lignes du papier. Depuis, il compose des phrases, dont certaines sont dépourvues de sens. « Un papillon pleure du bacon. » Il a écrit à maman, qui se demandait ce que cela signifiait : « Rien. Maintenant, je fais des phrases qui suivent la ligne, et tu devrais comprendre, ce n'est pas facile de recommencer à parler. J'essaie des mots. Je les mets ensemble en ligne droite. » Il a passé toute la semaine ainsi à travailler comme un écolier opiniâtre et persévérant. Maman a dû se rendre à la papeterie pour acheter une douzaine de tablettes de papier ligné et quelques calepins. Ce fut pour elle une semaine de sérénité et de bonheur comme elle n'en avait pas connu depuis trois ans. Il n'a pas cessé d'écrire. Cet après-midi, il a tendu à maman une page de calepin. Elle l'a chiffonnée dans sa manche comme les vieilles tranquilles font avec un kleenex. Elle défroisse le papier tant bien que mal avec ses mains tremblantes et me le tend. L'écriture est hésitante mais nette. « C'est une bonne idée de partir ensemble. » Oui, une larme suit une ride sur le visage de maman. Elle ne l'essuie pas du revers de la main comme on fait normalement par réflexe. La larme coule jusqu'à la commissure des lèvres et, de sa langue, maman la boit. Une larme libre, la première peut-être.

Des parfums puissants provenant du four inquiètent William. Ça va cramer. Je le rassure, c'est l'ail, la tomate et le lard qui commencent à fusionner et qui explosent. C'est en quelque sorte le couronnement du cassoulet qui débute. Le silence se fait tout à coup dans la salle de séjour. J'entends un beau-frère qui proclame : « Vous parlez tous en même temps. Personne n'écoute personne. Vous vous comportez comme des enfants. Ce n'est pas comme ça que je vous ai élevés. » Il lit un texte que papa lui a remis.

Nous avions oublié non pas son existence, car celle-ci régissait la vie familiale comme un furoncle organise le visage et fait oublier le regard ou le sourire, nous avions oublié qu'il nous entendait, qu'il pensait et qu'il vivait. Nous fréquentions un mort animé, une sorte de mécanique déréglée qui émettait des sons et bougeait de façon désarticulée. Et voilà que le mort retrouve la parole et, plus troublant encore, qu'il redevient le petit père des peuples. Il n'a pas changé. Il est immuable. De la cuisine, je vois papa qui griffonne sur son calepin. C'est une main rageuse qui écrit. Je le devine à la précipitation du mouvement, aux ratures, aux sons gutturaux qu'il émet. Il déchire le feuillet et le tend à maman qui s'est avancée. William dit, c'est prêt. Maman lit : « Je ne suis pas malade, je suis très vieux. Vous voulez me sauver de la mort, c'est gentil. Je vais mourir comme je veux. J'ai faim. Taisez-vous ! »

La famille est silencieuse. Sur la table, deux cassoules qui fument et quatre plateaux d'huîtres, des fromages, une salade et un saint-honoré qui luit de la lumière ambiante comme une tour de Babel défiant Dieu et ses prescriptions. Maman n'aime pas les huîtres, je m'en souviens maintenant qu'elle camoufle une grimace et qu'elle appuie d'un « C'est bon » les grognements animaux de papa qui les engouffre comme des petits fours. Les enfants mangent la tête dans leur assiette et dissimulent l'œil qu'ils lèvent pour deviner le bonheur ou le déplaisir de papa. La télé gueule *Star Académie*, l'émission préférée de papa, Wilfred, le favori des grands-mères et des nubiles, chantonne. Papa griffonne. « Pavarotti, c'est mieux », proclame maman qui sourit. Le pronunciamiento détend. Des conversations s'engagent autour de l'opéra que personne n'aime, mais les trois ténors font l'unanimité.

Sam ouvre la bouteille de vieux madiran et joue le sommelier. Autant que papa qui ne comprend pas qu'il doit goûter et approuver le choix du vin, nous sommes tous intrigués et surpris par ce cérémonial. Sam demeure imperturbable, tout à son rôle, et attend. Depuis trois ans, nous servons papa. Nous demandons rarement son avis, sinon sous forme d'affirmation interrogative. Il est hospitalisé dans sa propre maison et soigné par ses créatures. Je crois qu'il a pris l'habitude de ne pas être client mais bénéficiaire, donc obligé d'accepter le service dont on le gratifie généreusement. Le bénéficiaire ne peut refuser ni critiquer, il doit remercier. Décontenancé, papa regarde son petit-fils avec des yeux mouillés, goûte et dit « Plus ». Il est bon, mon vin ? demande Sam, et papa fait oui de la tête, ajoutant « Plus », et Sam emplit le gobelet d'étain presque jusqu'au bord, ce qui amène la Banquière à dire qu'il ne faut quand même pas tacher la nappe provençale qu'elle a offerte à maman pour son dernier anniversaire. Sam poursuit le service, car c'est son repas, son cadeau qu'il imagine délicieusement mortuaire. Il se tient droit comme un maître d'hôtel dans un restaurant chic et pose délicatement les plus belles pièces de confit, de saucisson et de saucisse dans l'assiette de papa, qui réclame du pain et plus de haricots. L'assiette déborde et papa regarde anxieusement sa femme, de qui viennent souvent les réprimandes sur sa gourmandise et sa gloutonnerie. Elle se retourne vers Sam, et c'est un sourire qui dit : « Sam, tu sais comment servir les grands-pères, mais les grands-mères sont plus fragiles. Je veux de tout mais pas autant que mon mari. » Autour de la table, plusieurs écarquillent les yeux et maugréent. Papa lève sa coupe d'étain pour porter un toast dont nous ignorons le sens. Quelques-uns lèvent leur verre machinalement. Le silence qui enveloppe les mangeurs de cassoulet n'est brisé au début que par les gargouillements et les rots de papa qui engouffre comme s'il devait mourir dans les minutes suivantes. Maman pose une main sur la sienne, celle qui tient la fourchette, et lui demande s'il ne voudrait pas une serviette. Eh bien oui, fait sa tête, c'est, semble-t-il, ce qu'il souhaitait. Une serviette que maman lui met dans la main et qu'il monte lentement vers sa bouche dégoulinante. Je le regarde et il ne voit pas que je l'observe aussi attentivement qu'un médecin examine tous les symptômes d'un patient en phase terminale, il mange comme un homme qui engloutit sa vie. Avec un sentiment de joyeuse urgence.

La Banquière et son mari s'engueulent maintenant. Il réclame du cassoulet et refuse le riz basmati, mouillé de vinaigre de riz, décoré de quelques feuilles de persil italien, que sa femme a installé devant eux. L'Homéopathe se lève pour aller chercher des légumes crus afin de dissoudre tous ces gras qu'elle s'apprête sans enthousiasme à introduire dans son système sanguin. Son mari, poli, n'insiste pas. La Tragédienne éclate de rire et félicite son fils de ce cassoulet qui est comme un don de Dieu. Maman n'écoute pas, elle mange. Papa n'entend pas. Il vit ailleurs, dans ce cassoulet qui bientôt va le quitter, et peut-être se demande-t-il s'il sera suivi de fromages et d'une mousse au chocolat. La Banquière ne supporte pas que son mari puisse penser qu'elle préfère un régime à son père. Il insiste. L'Infirmière vient à la défense de sa sœur. Le mari insiste. La Banquière respire avec difficulté. C'est son orgueil qu'elle avale et qui ne passe pas. Elle suffoque. L'homme avec qui elle vit depuis plus de vingt ans se lève sans la regarder.

— Je vais coucher à l'hôtel. Je passerai prendre mes affaires demain.

— Tu me fais ça à moi devant tout le monde!

Elle n'est pas triste, tout simplement ulcérée, et, comme par magie, sa respiration est redevenue normale. Isabelle me dit de faire quelque chose. Il n'y a rien à faire, maman l'a bien compris, qui continue à grignoter à petits coups de dents une cuisse de canard. Papa écrit et me tend le calepin. « Il va vraiment coucher à l'hôtel? » Je pense que oui. Il esquisse un sourire et reprend du pain.

L'Ingénieur a rameuté ses trois enfants qui ne veulent pas partir sans dessert. Il s'emporte et saisit violemment le coude du plus vieux qui pousse un petit cri de douleur. L'Homéopathe s'insurge contre cette violence. Le père, outré de cette intrusion dans son domaine privé, lui conseille de se préoccuper de l'éducation de ses deux filles qui ont déjà proposé à ses fils de fumer de la mari. Les deux filles protestent. Ma sœur est saisie par le doute et l'horreur d'avoir mal élevé ses enfants. Son mari dit :

— Calme-toi, elles fument depuis longtemps.

— Bon, ce n'est pas tragique.

Je ne sais pas ce que je fais debout à tenter de calmer le jeu, pendant que la Tragédienne demande à Sam s'il se drogue lui aussi et qu'elle est rassurée par la déclaration selon laquelle le pot et les échecs ne font pas bon ménage.

De toute part fusent des « de quoi tu te mêles, toi qui as toujours gardé tes distances, toi qui ne crois pas à la famille et qui nous regardes de haut ». Ils n'ont pas entièrement tort, mais ils se trompent. Je ne les regarde pas de haut, même si je maintiens une distance, et à force de la fréquenter, j'ai appris à aimer ma famille. En même temps, je refuse de tomber dans la mystique familiale. La famille est une fragile construction dans laquelle chacun des membres cherche une force qu'il ne possède pas. C'est aussi une invention politique, comme un parti qui ne peut survivre que dans le compromis et le mensonge. Ils ont raison ; de quoi je me mêle ? Ils militent dans le parti de la famille, moi pas.

J'ai donné quand je pouvais donner, pris quand j'avais besoin de prendre. Je ne dis pas que tout cela est dénué d'affection, au contraire. À fréquenter aussi intimement des hommes et des femmes, on ne peut que les aimer un peu, sinon beaucoup, car les familles sont transparentes. Elles nous laissent nus devant des semblables et des égaux.

Maman élève la voix et explique que j'ai aidé en secret. Elle exagère, j'ai si peu fait. Mais puisque c'est la mère qui invente les familles, à elle d'en défendre l'utilité. Et puis, soyons sérieux : maman a besoin de cette famille unie. Sans cette image, elle aurait vécu pour rien.

— Vous êtes tous des malades mentaux. Vous ne comprenez rien. Grand-papa et grand-maman ont envie de mourir et, avec mon oncle, on cherche des moyens de les aider.

Sam se remet ensuite dans son cassoulet. Sa mère, pétrifiée, s'étouffe. Le silence tombe comme une masse de plomb. Maman ne dit rien. Papa demande du pain pour le pont-l'évêque. Le Géographe dit aux enfants d'aller jouer dans le jardin et ils lui répondent qu'il pleut à verse. Maman demande du vin. L'Infirmière proclame qu'il y a certainement un malentendu en s'adressant à la mère de Sam, qui se retourne vers son fils, qui dit, non, il n'y a pas de malentendu. Il n'y a qu'à demander à grand-papa et à grand-maman.

Silence. Très long silence.

— Mon mari et moi, nous n'aimons plus vivre. Pour moi, c'est devenu un travail. Pour lui, une sorte d'obligation. Alors on s'est dit qu'on pourrait mourir heureux le plus rapidement possible et pas vivre comme si on était obligés de vivre.

Papa dégouline du nez et de la bouche. Il semble heureux.

Maman a cessé de rapetisser.

— Cassoulet !

Les mots de maman et les notes de papa, qui confirmèrent les propos de sa femme, n'ont pas eu l'effet désiré. Le repas s'est terminé dans un cliquetis d'ustensiles et de « passe-moi le sel » plutôt que dans le tintamarre habituel des conversations éclatées. Les bises ont été polies, les à bientôt parcimonieux, malgré le sourire éclatant de maman et la joie quasi indécente de papa.

Nous sommes presque en avril et la neige sale trace des rigoles noirâtres devant la maison. Des plaques de pelouse apparaissent et exhalent cette odeur âcre de pourriture qui annonce la renaissance. Sam et moi avons poursuivi sans illusion notre entreprise de meurtre gastronomique. Nous venons à la maison une ou deux fois par semaine, apportons des plats préparés et, parfois, restons pour faire la cuisine. Aujourd'hui, ce sera du foie de veau à la vénitienne. Mais la famille n'est plus la même. Lorsque nous célébrons des anniversaires, il y a toujours des absents et des convives qui se plaignent de la nourriture trop grasse. Papa parle de plus en plus par écrit, ce qui laisse moins de temps aux autres pour parler. Il ressasse ses phobies modérément racistes et multiplie ses mauvaises blagues sur les homosexuels, sur les artistes comme moi qui ne font rien d'utile dans la vie. Il a recommencé, toujours par écrit, à donner des ordres. Il fait des plans de table, détermine le cadrage des photos. En aparté, l'un de nous dit qu'on le préférait un peu moins vivant, un peu moins présent. Effective-ment, le retour de Staline ne semble plaire à personne, sinon à maman.

La Banquière n'a revu son mari que trente minutes. Le lendemain du repas. Il a pris ses vêtements et n'a même pas dit adieu. Il devait coucher avec sa secrétaire. C'est ainsi qu'elle a éludé toutes les questions. Le couple de l'Homéopathe ne se porte pas très bien non plus. Le mari favorise l'euthanasie. Le Géographe, quand il vient, n'amène plus ses enfants. Et la Tragédienne paie pour la franchise de son fils. Deux sœurs en ont fait la responsable du drame. Si, au moins, il faisait du sport, ton fils.

— Sam et toi, vous n'avez posé aucune question depuis que nous vous avons annoncé que nous voulions mourir.

Maman trempe son pain dans la sauce épaisse comme du chocolat fondu. Je suis très heureux de ma sauce que j'ai enfin réussie. Elle rit en regardant papa s'empiffrer, mais je ne relève pas ces mots qui résument l'angoisse que je ressens chaque fois que je pense à ce pacte que je ne suis pas certain d'avoir conclu.

— J'ai une mauvaise nouvelle. Mon mari est allé passer ses examens hier et le docteur n'en revient pas. Il va mieux.

Le parkinson rigide se caractérise par une dégénérescence inéluctable. Une courbe descendante irrégulière mais constante. Elle prend le stylo et le carnet de papa et trace une ligne descendante qui se stabilise puis remonte. Il grogne de plaisir.

— De… puis que… que… je mange… bien… moins malade.

— J'ai dit au médecin que depuis qu'il était plus heureux, il était moins malade. Il a répondu que c'était sûrement une erreur statistique ou une fausse rémission.

Sam, qui a plus d'innocence que moi et donc plus de courage, demande si cela signifie qu'ils ne veulent plus mourir.

— Non, mon Sam. Nous ne savons pas comment nous allons décider de mourir, mais c'est sûr que c'est pour bientôt. Mais avant, mon mari et moi, on voudrait faire une dernière chose : retourner en camping dans la caravane pour une partie de pêche au réservoir Baskatong.

Papa, qui attendait sûrement cette phrase, ouvre son carnet et écrit : « Et je te volerai encore le plus gros doré. » Il avait préparé sa repartie.

Je sais que c'est idiot de se souvenir à soixante ans d'un doré volé, d'un trophée de pacotille, une coupe qui ne faisait même pas vingt centimètres, un objet d'une laideur absolue avec une vague représentation d'un poisson qui n'est pas un doré et une inscription gravée sur sa base : « Rivière des Mille Îles, 1950, concours Molson du doré ». Je n'ai jamais remporté de prix, toujours finaliste déçu ou même pas mis en nomination, alors que je croyais en mériter.

Je veux bien, maintenant, qu'il me donne la permission de le tuer. Je ne le ferai pas pour lui, mais pour moi. Et pour maman. Pour tuer, il faut aimer ou haïr.

Je ne parvenais pas à l'aimer et sa maladie m'avait empêché de le haïr. Nous sommes revenus au point zéro. Les images et les cris se bousculent. Je ne sais pas si c'est maman qui pleure ou moi. Je me souviens d'avoir défié Staline, de lui avoir lancé un objet à la figure, je me souviens que ma révolte l'avait surpris, tellement qu'il n'avait pas répliqué, abasourdi par la révolte de son peuple, rébellion qu'il ne pouvait imaginer. Maman m'avait protégé contre un coup qui n'était pas venu et m'avait ordonné de monter dans ma chambre. Mais c'est toi que je défends, maman. Pourquoi tu me punis? Depuis ce temps, je sais que je n'aime pas mon père. Plus encore, depuis ce temps, je ne comprends pas ma relation avec maman qui ne m'a pas défendu, je ne comprends pas sa résignation, à moins que la réponse n'ait été dans ses photos, ce photo-roman de sa vie. La liberté peut-être, la révolution, puis le prix de la révolution. Le changement de vie, les espoirs, la réalité et enfin le silence avec le sentiment d'avoir osé qui confère de la fierté et fait naître des souvenirs héroïques. L'histoire de maman, c'est celle de Cuba. Papa, Staline, Castro, même combat. Espoirs si beaux, espoirs floués. Ce sont les pires souvenirs, les plus persistants. Comment peut-on se révolter contre ceux qui nous ont libérés? En fait, je lui reproche de l'aimer encore et je reproche à papa de ne pas l'aimer. Voilà le dilemme de tous les enfants : comprendre pourquoi des parents qu'ils n'aiment pas également se retrouvent à la fin de leur vie, complices obligés certes, mais amants quand même. Vient par la suite l'obligation de les aimer. Oui, de les aimer en oubliant toute la vie qui fut avant. Les parents ne sont pas seulement nos pères et nos mères, ce sont des humains qui meurent. Des souvenirs pénibles s'effacent.

Je me souviens maintenant. La première pierre, celle du Bouclier canadien, qui détenait tous les secrets de la glaciation et des changements climatiques et qui expliquait la mer de Champlain, là où Montréal, ma ville, existe maintenant, ou les toccate de Bach et le premier fromage qui puait et les leçons fastidieuses sur les castors et les champignons et Nat King Cole qui me mena à Brubeck puis à Coltrane. Les livres qu'il lisait et que je lisais après lui en cachette. L'envie de tout savoir pour pouvoir tout dire. Ce refus des conventions vestimentaires et cette franchise toujours brutale. Tout cela n'avait été qu'enseignement, ordre et injonctions dans ma tête d'enfant, leçons obligées, hontes parfois, humiliations souvent, mais c'est peut-être ainsi que j'ai découvert l'univers, que je suis devenu curieux et peut-être artiste et aussi orgueilleux et fendant, comme me le reproche parfois une de mes sœurs. Je ne suis pas né de sa violence, mais bien de cette première pierre ramassée dans un sentier qui allait nous perdre. Je n'ai pas aimé mon père, mais j'ai un père. Et j'en suis heureux.

Je ne me souvenais plus de la monotonie de la route après Saint-Jovite ni de la laideur du paysage construit par les humains. Papa rouspète parce que je conduis trop lentement à son goût. Mais ma vieille Volvo n'a jamais traîné de tente-roulotte, dont les essieux sont probablement rouillés parce qu'elle n'a pas roulé depuis dix ans. Maman avait vendu l'auto de peur de mourir à une intersection parce que papa persistait à conduire malgré les mains qui tremblaient et le cœur qui vacillait, mais jamais elle n'avait songé à se départir de la roulotte. C'est dans ce tas de ferraille que passé soixante ans elle avait découvert les montagnes Rocheuses et vu le Pacifique à Vancouver. Une traversée du Canada qui lui fait encore les yeux brillants quand elle l'évoque. Et puis cette roulotte d'un autre âge, une roulotte de gitans, comme si maman et papa faisaient partie des gens du voyage, cette roulotte que papa voyait tous les jours dans l'entrée de garage lui disait peut-être qu'un jour il partirait encore en camping. Cette chose les avait menés aussi au Nouveau-

Brunswick et à Terre-Neuve. Nous ne savons rien de ces moments, sinon des photos dans lesquelles ne figure que maman. Nous ne nous sommes jamais demandé comment ils parvenaient à passer tellement de temps ensemble même si nous présumions qu'ils ne s'aimaient pas. Papa marmonne « Nominingue » et maman explique que c'est dans ce village qu'on achetait les fesses, un pain traditionnel que papa affectionnait et dont il faisait toujours provision quand nous allions pêcher au réservoir Baskatong. Me revient l'odeur de pain presque brûlé qui accompagnait le parfum des épinettes humides, et le bonheur de papa que le pain gorgé de beurre rendait heureux. Sam tambourine sur mon dossier la musique techno qu'il écoute. Il n'y a plus de boulangerie artisanale à Nominingue. Nous avons trouvé une imitation de fesses à Mont-Laurier.

Depuis que papa va mieux, qu'il mange ce qu'il aime, que maman connaît toutes nos recettes et que les médecins se grattent la tête à propos de ce parkinson qui ramollit, William, dit Sam, et moi ne savons plus trop quel rôle nous jouons. Sam m'a avoué que le cassoulet de sa grand-mère était meilleur que le sien, plus onctueux, et je m'étais émerveillé de ce qu'un ado connaisse ce mot. Il l'avait mal pris. Mais nous sommes amis maintenant puisque nous partageons ce terrible secret de la mort imminente de papa et de maman. Je me demande s'ils ont apporté avec eux les somnifères et s'ils feront leur suicide dans la roulotte pendant que nous dormirons dans la tente, car Sam et moi avons choisi le froid de la tente plutôt que la cohabitation malaisée dans la roulotte. Préoccupé par ces pensées, je conduis mal et papa se plaint. Bien sûr, il veut conduire à ma place. C'est chez lui que nous allons. Maman chantonne.

Pour papa, le Baskatong, c'est le Kenya pour un amateur de safari dans les années cinquante. Rhinocéros ou lion assurés. Dans cet immense réservoir né d'un barrage construit par une papetière se mouvaient des truites grises, des brochets énormes. Ne venaient ici que les pêcheurs sérieux, ceux qui étaient en quête plus de trophées qu'on exposait que de poissons qu'on mangeait. Nous n'avions eu, je m'en souviens, que des demi-succès. Des brochets de quelques kilos, mais jamais de ces truites grises qui louvoient à cent mètres dans le fond et qui vous arrachent la canne des mains.

Il est trois heures de l'après-midi. Nous venons de faire six heures de route et maman propose de manger un morceau. Elle a préparé des canapés et une salade de gésiers. Sam s'affaire à monter la tente, une petite bulle bleue qu'il installe sur la mousse jaunie par l'hiver. Même si nous sommes le 20 mai, quelques plaques de glace flottent encore sur le lac. Papa, que nous avons installé dans sa chaise roulante, regarde son Baskatong.

— Maintenant. Pêcher.

Les deux mots sont sortis sans hésitation, parfaitement formés. Une injonction, un ordre. Sam sort déjà de la roulotte avec les cannes à pêche et la boîte d'agrès. Lui aussi veut maintenant aller sur l'eau et attraper un poisson, ce qu'il n'a jamais fait. Papa lui explique, dans un langage hésitant mais clair, les moulinets et les fils, les plombs et les hameçons. Il s'exécute, élève attentif et précis. Maman sourit et me dit qu'ils n'ont pas encore décidé du moment de mourir mais que c'est pour bientôt, qu'ils ont accumulé tous les somnifères qu'il faut. Est-ce qu'on peut faire quelque chose? Oui, laissez-nous faire.

Papa n'est pas peu fier. Il trône comme un roi assis dans sa chaise roulante au milieu de la chaloupe. Sam est derrière, dirigeant le moteur hors-bord selon les injonctions de papa. Maman se tient à la proue, sa ligne traînant dans l'eau. Moi dans le milieu, à qui maman dit, pourquoi tu ne pêches pas? Je laisse tomber ma ligne dans l'eau. Nous voguons sur des vagues douces, des frissons d'eau. Maman a un sourire crispé. Ça mord!, et papa rit. Il se moque de maman. « Pas capable! » Maman, qui ne connaît rien à la pêche, réagit par instinct et relève sa canne, qui plie dangereusement. Au même moment, ma ligne est entraînée vers le fond. Maman s'énerve un peu. Papa rit encore plus. La canne de maman ploie encore plus et elle panique. Elle me la tend. Au bout de ma ligne, je le sais, je le sens, se débat un énorme poisson, un trophée comme celui que papa m'a subtilisé, une truite grise qui hante le tour du lac. J'ai besoin maintenant de mes deux mains et papa rit de nos désarrois respectifs. Maman perd sa canne. Je la saisis pendant que le poisson me tire vers l'avant. J'ai deux cannes, deux poissons énormes, c'est évident. Sam s'énerve. Papa rit toujours. Mon poisson fait une pause, il me trompe mais je ne le sais pas. Tiens, papa, prends ma canne. Il se soulève péniblement, prend la canne de ses deux mains, tente de ferrer. Gros, dit-il, et dans une eau sombre et froide une truite grise donne un coup soudain. Papa! Grand-papa!

Je ne le vois déjà plus. Je ne sais pas nager, c'est ce que j'explique à Sam. Je me retourne vers maman. Elle fait un sourire timide, me prend la main et dit:

— Pousse-moi.

Dans la collection « Boréal compact »

MISE EN PAGES ET TYPOGRAPHIE :
LES ÉDITIONS DU BORÉAL

ACHEVÉ D'IMPRIMER EN FÉVRIER 2010
SUR LES PRESSES DE TRANSCONTINENTAL GAGNÉ
À LOUISEVILLE (QUÉBEC).